KB055273

시시한 사람이면 어때서

시시한 사람이면 어때서

유정아 지음

북폴리오

프롤로그

대학 입시를 비롯해 무슨 무슨 시험들을 준비할 때, 공부가 잘 되지 않는 날이면 시험에 붙은 사람들이 쓴 '합격수기'를 찾아 읽곤 했다.

어떤 시험이든 그런 이야기의 내용은 모두 비슷하고 또 어마어마했다. 열악한 환경 속에서 딱 죽지만 않을 정도로 먹고 자며 피나는 노력을 거듭한 끝에 좋은 결과를 거두었다는, 흠잡을 데 없는 성공담들.

그런 글들 앞에서 미완성인 내 삶은 이야깃거리가 되지 않았다. 너무 힘들다고, 새벽마다 일어나야 하는 것도 싫고 기침하는 것조차 눈치 보이는 독서실의 공기도 답답하고 쏟아지는 잠과 싸우는 것도 지긋지긋하다고 말하고 싶었지만, 그건 아직 못 붙은 놈의 하소연일 뿐 서사로서의 가치가 없었다. 내가 할 수 있는 건 기껏해야 그런 합격수기 아래 '부럽네요. 저는 언제쯤…ㅜㅜ' 따위의 댓글을 다는 일 정도였다.

결국 합격수기는 한 번도 쓰지 못했다. 내 몇 년 간의 수험 생활은 나만 아는 시간들로 남았다.

작년 초 이 책의 출간 제의가 들어왔을 때 망설였던 건 그런 기억들 때문이었다. 내 삶과 시선이 이야기가 될 수 있다는 게 영 믿기지 않았다. 더러 SNS에 일기 같은 글을 쓴 적이야 있지만 책을 내는 건 다른 차원의 이야기였다. 뭐 하나 번듯하게 이뤄 본 게 없는 내가 책을 쓸 주제가 될까, 잠시 고민했다. 그러다 곧 해보자고 마음먹은 건 망설였던 것과 같은 이유에서였다. 대단한 사람들의 성공담이 이렇게 많은데, 나처럼 어정쩡한 사람의 실패담이 하나쯤 끼어 있으면 또 어떠랴 싶었다.

책을 쓴다고 하니 무슨 내용이냐고 묻는 이들이 종종 있었다. 주제를 뭐라고 특정하기가 어려워 "그냥 내 얘기"라 퉁치고 넘어가곤 했는데, 어느 날 문득 그 말에 혼자 뭉클해졌다.

컴컴한 독서실에서 엎드려 울던 내가, 도무지 될 것 같지 않은 자기소개서를 고치고 또 고치다 컴퓨터 앞에서 졸던 내가, 알바를 마치고 땀에 젖은 유니폼을 갈아입지도 못한 채 기진맥진해 집으로 돌아오던 내가 끝내 입 밖으로 꺼내지 못했던 말들이 떠올랐다. 실패로 끝났기에 이야기는 커녕 추억으로도 남기지 못했던 내 삶의 가장 찌질하고 구질구질한 순간들과 함께. 늦었지만, 그래도 이제 적어 낼 수 있게 됐구나.

뒤늦게, 그리고 처음으로 '내 이야기'를 쓴다.

차례

잘못 든 길에도

풍경이 있다

위로할 수 있음에 위로받는다

누군가를 위로하는 일에 자격이 필요하다는 걸 깨닫는 데는 꽤 오랜 시간이 걸렸다.

같은 책상에서 같은 책으로 수업을 받던 때, 우리 모두의 고민은 키만큼이나 고만고만했다. 야자 시간이면 이어폰을 한쪽씩 나눠 끼고 교실 뒤쪽에 앉아 비밀을 속살거렸지만 그건 상담이라기보다 서로의 돈독함을 확인하는 의식에 가까웠다. 조금만 친해지면 누구하고나 그럴 수 있었다. 그것만으로도 불안감은 꽤 많이 누그러졌다.

그러나 스무 살을 넘긴 어느 날 비로소 알아차렸다. 위로에도 위계가 있었다. 나는 내가 가질 수 없는 걸 고민하는 이들을 결코 위로할 수 없었다. 내 못난 모습으로 자존감을 채우는 사람은 적지 않았으나 내가 토닥거릴 수 있도록 등을 돌려 대는 이는 드물었다.

위로할 자격을 박탈당할수록, 나를 함부로 위로하려는 사람은 늘어났다. 내가 조금 뒤처져 있다는 이유만으로 나를 뺀 모두가 내게 충고할 자격을 얻은 것 같았다. 다들 미끈하게 희망을 이야기했다. 정작 내게는 입 뗄 틈도 주지 않은 채. 그들의 입에서 튀어나오는 예쁜 말은 모두 손이 닿지 않는 높은 찬장 위 장식품 같았다.

무엇보다 힘들었던 건 그들의 그런 위로를 불편해 하는 나 자신이었다. 내가 너무 꼬인 건가, 사람의 선의까지 나쁘게 받아들일 만큼 마음이 망가져 버린 건 아닐까. 하루에도 열두 번씩 좁아진 나를 탓했다. 모든 날이 어둡고 축축하고 긴 터널처럼 느껴졌다.

그 괴로움을 너무 잘 아는 지금의 나는 누군가를 위로할 때 더 이상 희망을 이야기하지 않는다. 그냥 차나 술을 한잔 사고 마음껏 이야기하게 놔둔다. 할 말이 없다면 그런 대로 둔다. 그 자리에서 내가 하는 유일한 얘기는 비슷한 처지에 놓였을 때 내 심정이 지금의 그와 얼마나 똑같았는지, 하는 것이다. 지금 당신이 그토록 꼬이고 좁아지고 화

나는 건 이상한 일이 아니라고. 막다른 골목에 몰리면 많은 사람들이 그렇게 되고, 나 역시 그랬으며, 이 모든 걸 기억한 채 그때로 돌아가도 똑같이 힘들 거라고. 딱 그정도만 이야기한다.

그런 대화를 나누고 나면 많은 경우 상대로부터 고맙다는 인사와 함께 마음이 후련해졌다는 말을 듣는다. '나만 그런 게 아니다'라는 생각은 꽤 큰 안도감을 주니까.

그들의 말을 들으며 나 역시 다시 한 번 안도한다. 나의 괴롭고 못난 시간들이, 누구나 겪을 수 있는 평범한 것이었음에. 그리고 감사한다. 어느새 내가 가끔은 누군가를 위로할 수 있게 되었다는 사실에.

사실 그 위로들은 과거의 내가 가장 듣고 싶었던 이야기였다.

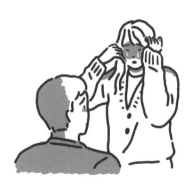

제자리걸음도 운동이 된다

조금의 발전도 없이 정체에 빠진 듯한 순간들이 있다. 남들은 모두 한걸음씩 나아가고 있는 것 같은데 나 혼자 한 없이 같은 구간을 맴도는 것 같은 날들이. 가야 할 거리가 얼마나 되는지 알 수 없는 것도 힘들지만, 모두가 나보다 앞서 가는 걸 바라보는 일은 특히 공포스럽다. 지금의 몸부림이 아무 의미 없는 듯 보이고, 이대로 있다가는 영영 앞으로 나가지 못하게 될 것만 같다.

하지만 시간이 흐르면 그런 순간들도 지나가게 마련이고, 그 다음 밖으로 한 발자국만 나와 보면 곧바로 깨닫게 된다. 무의미한 허우적거림이라 느껴졌던 움직임들이 어느새 마음 이곳저곳에 근육을 만들어 두었다는 걸. 같은 자리를 맴도는 듯한 순간에도 사람은 조금씩 단단해지고, 그 나날을 지나며 느낀 통증조차 마음에 살을 붙인다. 이런 기억들은 다음 방황이 찾아왔을 때 허리를 조금 더 꼿꼿이 세우고 버틸 수 있는 힘을 준다.

그러니 홀로 한없이 제자리걸음을 하고 있는 것 같다 하더라도 죄책감을 느낄 필요는 없다. 필요한 건 오로지 스스로를 똑바로 응시하고 면밀히 관찰하는 일이다. 언젠가 또 같은 괴로움이 찾아온다면, 해답을 제시해 줄 수 있는 건 현재의 자신밖에 없을 테니.

엄마의 연애

엄마의 지난 연애 얘기 듣는 걸 좋아한다. 아빠와의 연애담도 좋고 아빠 전에 만난 남자 친구들과의 얘기도, 풋풋한 짝사랑 얘기도 좋다. 들었던 얘기도 또 듣고 싶어서 일부러 모르는 척 말해 달라고 조르곤 한다.

처음엔 신기했다. 어디서든 들을 수 있을 법한 간지럽고 촌스럽고 우스운 연애 얘기인데, 왜 유독 엄마의 그것이 그렇게 좋을까. 한참을 생각한 뒤에야 이유를 찾았다. 나는 연애담보다 그것들을 말하는 엄마의 얼굴이 좋았던 거였다.

엄마가 내 엄마가 되기 위해 태어난 사람은 아니라는 걸 실감하기 시작한 건 대학에 들어간 뒤였다. 성인이 되고 나면 마음가짐도 순식간에 자랄 거라고 생각했는데 열한 살 때나 스물한 살 때나 속은 별다를 게 없다는 걸 알게 되었을 때쯤, 그래서 내가 마흔 한 살이 되더라도 별로 달라지지 않을 거라는 생각을 하기 시작했던 딱 그 즈음이었다. 동시에 깨달았다. 어쩌면, 아니 당연히 엄마 속에도 열 살짜리 스무 살짜리가 들어 있겠구나.

그제야 엄마의 인생이, 점이 아닌 선으로 보였다. 엄마는 자신의 인생을 살다가 어느 시점에 내 엄마가 된 것뿐이었다. 나를 낳기 이전의 삶을 전부 '옛날 얘기'로 퉁치는 건 너무 무신경하고 불공평했다.

엄마의 인생을 캐묻기 시작한 건 그때부터였다. 고등학교, 첫 직장, 좋아하던 노래, 자주 가던 식당, 신혼여행……. 그중에서 엄마가 가장 많이 웃는 건 연애 이야기를 할 때였다. 어쩌면 당연한 일일지도 몰랐다. 말 잘 듣는 딸, 착한 며느리, 좋은 엄마여야 했던 엄마의 인생에서 연애는 어떤 역할을 강요받지 않아도 되는 드문 기억 중 하나였을 테니까.

한창 연애하던 20대 시절의 엄마는 철딱서니 없고 변덕스럽고 서툴고 물정 모르는 사람이었다. 그것을 확인할 때마다 내가 얼마나 크게 안도했는지, 엄마는 모를 거다.

그래서 나는 엄마의 지난 연애를 캐묻고 듣는다. 엄마가 내 엄마가 되기 위해 태어난 사람은 아니라는 걸 확인하는 기분이 들어서, 그리고 엄마도 그 사실을 잊지 않았으면 해서다.

나를 낳은 게 인생의 결승점이 아니라는 걸, 엄마는 완전히 다른 사람이 될 수 있었고 또 앞으로도 그럴 수 있다는 걸 늘 알고 있었으면 좋겠다. 뭔가 하고 싶은 게 생겼을 때 '엄마'라는 이름을 유니폼처럼 힘겹게 입고 있지 않았으면 좋겠다. 단지 그 역할만이 엄마의 남은 몫이라고 생각하지는 않았으면 좋겠다. 내가 바라는 건 그것뿐이다.

어차피 해피엔딩이야

마음이 지친 날이면 자기 전 과자를 한 봉지 뜯어 놓고 〈토이스토리Toy story, 1995〉나 〈라따뚜이Ratatouille, 2007〉 같은 어린이용 애니메이션을 본다. 착하디착한 주인공들과 순진해 보일 만큼 우스꽝스럽고 뻔한 악당들이 등장하고, 꿈이나 희망 같이 현실에서 말하기엔 쑥스러운 것들을 놓고 진지하게 싸우다 결국은 주인공이 이기는 그런 만화 영화들.

복잡한 삼각관계나 기괴한 음모도 없고, 잔인한 장면이나 가슴 졸이는 반전도 없다. 무엇보다 뒷이야기를 예측하거나 내용을 이해하는 데 에너지를 쓸 필요가 없으니 낄낄거리며 보기만 하면 된다. 무슨 일이 벌어지든 결국 해피엔딩일 것이므로.

그렇게 한 편의 만화를 본 어느 날, 문득 그런 생각이 들었다. 이 만화들처럼 삶의 결말이 해피엔딩이라는 걸 확신할 수 있다면 지금의 일상이 조금 덜 버겁지 않을까, 하는.

그 다음부터, 힘든 일이 있을 때마다 나는 '어차피 해피엔딩이야.'라는 말을 주문처럼 속으로 외운다. 어쨌든 나는 결국 행복해질 것이고, 지금의 고통은 만화 속의 한 에피소드 정도일 거라고 스스로를 달래면서. 놀랍게도 이 생각은 평정심을 유지하는 데 꽤 도움이 된다.

인생이 끝날 즈음의 내가 행복할지 아닐지는 모른다. 하지만 미래의 행복을 믿는 게 현재의 고통을 견디는 데 도움이 된다면 굳이 그것을 회의할 이유는 없다. 반대로 그렇게 견뎌 낸 일상들이 행복한 결말을 만들게 될지도 모르는 일이니.

그래서 나는, 내 삶이 해피엔딩일 것을 믿는다.

2017년 9월 22일 오후 7시 28분

금요일 저녁이었다. 저녁 약속이 있었기에 서둘러 퇴근했다. 손잡이를 잡기도 어려울 만큼 사람으로 가득 찬 지하철 안의 공기는 한껏 예민해져 있었다. 그 속에 섞여 거의 까치발을 든 채 내릴 역만 세며 가고 있는데, 열차가 어떤 역에 멈추더니 출발할 생각을 하지 않았다. 문을 열어둔 채 정차하고 있으니 사람들은 계속 탔고, 안에서는 비명이 터져 나왔다. 나도 치미는 짜증을 억누르며 가방을 신경질적으로 당겨 안았다.

한참이 지난 뒤에야 선로 장애로 5분간 정차한다는 방송이 느릿느릿 흘러나왔다. 그로부터 5분 후에는 10분간 더 정차한다는 방송이 나왔다. 성질 급한 사람들은 욕설을 내뱉기 시작했고, 시뻘게진 얼굴로 내리는 이도 생겨났다. 그때, 차내 스피커가 다시 울렸다.

"앞 역에서 사상 사고가 발생하여 사고 처리 후 운행을 재개하겠습니다. 급한 용무가 있으신 분들은 다른 교통수단을 이용해 주시기 바랍니다. 이용에 불편을 드려 대단히 죄송합니다."

아주 잠깐 열차 안이 조용해졌다. 아주 잠깐만 그랬다. 곧 곳곳에서 짜증 섞인 한숨과 혀 차는 소리가 울려 퍼졌다. 절반 정도가 인상을 쓰고 시간을 확인하며 급히 내렸다. 우르르 내리는 사람들을 보고 타려던 사람이 어리둥절해 영문을 묻는 소리도 들렸다. 이 차 안 가요? 전 역에서 사람이 죽었대요. 한참 안 갈 거예요…….

약속 장소까지 갈 다른 차편이 없는 나는 내릴 수도 없었다. 만나기로 한 친구들에게 전화해 한두 시간 늦어질 것 같다고 전했다. 짜증과 피곤이 몰려왔다.

열차는 30분쯤 후 출발했다. 사고 처리가 완료되었으며, 불편을 주어 미안하다는 안내 방송과 함께. 잠깐 다행스러웠다가, 그 시간이 너무 짧다는 사실이 문득 슬펐다. 기관사는 자신의 잘못도 아닌 누군가의 죽음을 자꾸만 사과하는 중이었고, 진이 다 빠진 얼굴의 승객들은 사람이 죽었다는 걸 되새기기엔 너무 지쳐 있었다.

휴대폰을 켜 기사를 검색했다. 7시 28분에 한 사람이 열차에 투신했다고 했다. 이유는 조사 중이라고도 했다. 제목마다 승객들이 많은 불편을 겪고 있다는 말이 빠지지 않고 붙어 있었다. 이유를 밝혀 낼 수 있을지 모르겠지만, 알아낸다 해도 그것이 또 다시 보도될 리는 없다는 걸 안다. 애초에 초점이 맞춰진 건 '죽음'이 아니라 '사고'였으니까.

뛰어들기까지 많은 시간이 걸렸을 터였다. 두려움과 괴로움에 여러 밤을 지새웠을 것이었다. 그런데 그 모든 흔적들이 한 시간도 지나지 않아 지워졌다. 아니, 처리됐다. 길가에 놓여 있던 돌멩이가 들어 옮겨지듯이. 사과하는 사람도 화내는 사람도 있는데 슬퍼하는 사람은 드물어 보였다. 그게 슬펐다.

스쳐가는 모든 사람의 죽음을 기억하고 슬퍼할 수는 없고 그럴 필요도 없을 터였다. 하지만 왠지 이 사람만은, 그의 가족보다도 내가 먼저 죽음을 알게 된 이 사람만은 기억해 둬야 할 것 같았다. 2017년 9월 22일 7시 28분, 한 사람이 죽었다. 그가 조금이라도 평안해졌기를 빈다.

이혼을 실패라고 생각하지 않으면

배우자를 찾는 일이 엄청난 것으로 여겨지던 때가 있었다. 물론 엄청난 일인 건 맞지만, 당시의 나로서는 그게 엄두도 못 낼 일처럼만 보였다. 다들 어쩜 저렇게도 아무렇지 않게 반려자를 찾아 결혼하는지 신기할 따름이었다. 누군가를 평생 사랑할 수 있을 거라는, 그리고 상대가 변하지 않으리라는 확신은 어디서 얻는 걸까. 나는 아무리 사랑하는 사람을 만나도 그런 기분을 느낄 수 없을 것 같았다.

어느 주말, 이모의 차를 얻어 타고 가다가 그 이야기를 줄줄 털어놓았다. 아무리 좋은 사람을 만나도 그 사람이 평생 같은 모습을 유지해 줄 수 있을지 모르겠다고. 그래서 다른 사람들이 누군가를 결혼 상대로 결정하는 것 자체가 너무 신기하고도 대단해 보이며, 이렇게 의심이 많은 나는 아무래도 결혼하고 싶어도 못할 것 같다고.

이모는 핸들을 경쾌하게 꺾으며 간단히 대답했다.

"이혼을 실패라고 생각하지 않으면 삶을 보는 기준이 달라져."

그러고는 '어차피 완벽한 선택인지 아닌지는 끝까지 가봐야 알지.'라고 덧붙였다. 인생의 다른 선택들이 모두 그러하듯, 다들 자신이 완벽한 사람을 골랐다고 생각하고 결혼을 결심하지만 실제로 그런지 아닌지는 시간이 어느 정도 지나 봐야 알게 된다고. 혹시 결혼이 좋지 않게 끝나더라도, 그건 실수도 무엇도 아니고 그저 예상과 결론이 달랐던 것뿐이라고.

맞는 말이었다. 내 망설임의 많은 부분은 '잘못되었다는 걸 깨달았을 때의 공포'에 맞춰져 있었다. 그 자체를 실패라고 생각하지 않으면 많은 것들이 달라질 터였다.

"같이 살아가다 보면 예상치 못하게 환경도 바뀌고 가끔은 사고도 생겨. 사람 마음대로 되는 게 아니라 다들 그런 일이 없기를 바라면서 사는 거지. 그런 건 어차피 결혼 전에 걸러낼 수 있는 영역이 아니잖아.

그러니까 물건 사듯이 세상의 기준에 완벽히 들어맞고 유통기한이 긴 사람을 찾기보다 네 기준과 감정을 먼저 생각해. 네가 상대를 얼마나 진심으로 좋아하는지, 그리고 상대는 너를 얼마만큼 진심으로 대하는지.

네가 판단할 때 이 사람하고 결혼하고 싶다, 살아 볼 만한 가치가 있다 싶으면 일단 그걸 믿고 가는 거야. 그래서 결혼했는데 아니면? 헤어지면 돼. 상처는 좀 받겠지만, 그런 다고 인생 안 끝나. 살다 보면 미끄러지는 날이 얼마나 많은데 결혼이라고 그런 일이 없겠니?"

결혼하는 게 얼마나 어렵고 귀찮은지 아니. 그 결혼들도 하는데 겨우 이혼을 못할 건 뭐야, 하면서 이모는 크게 웃었다. 그 웃음소리를 들으니 왠지 마음이 놓였다.

그 이후로는 결혼을 바라보는 내 시선이 조금 편안하고 차분해졌다는 걸 느낀다. 아직 결혼을 결심한 건 아니지만, 혹시 하게 된다 하더라도 예전처럼 두렵지는 않을 것 같다. 물론 완벽한 사람을 선택할 거라는 확신이 생겨서는 아니고, 틀리더라도 괜찮다는 위로를 받은 덕이다.

최선이 아닌 선택은 없다

　무언가를 선택한 다음 그 선택에 대한 후회를 줄이는 가장 좋은 방법은 결과가 어찌됐든 그것이 최선이었다고 믿는 일이다. 관념적인 희망을 가지라는 이야기가 아니라, 실제로 그렇기 때문이다.

　보통 과거를 후회할 때 우리는 '그때 그렇게 했다면……'하며 다른 선택에 따라왔을 성공적인 결과를 떠올리고, 올바른 쪽을 택하지 못한 스스로를 책망한다. 결과가 불만족스럽다는 점보다는 주로 잘못된 선택을 했다는 사실에 더 큰 괴로움을 느끼는 것이다.

　하지만 미래를 내다보는 능력을 가지지 않은 이상, 결과를 알고 무언가를 선택하거나 결정하는 사람은 없다. 모

두 불투명한 가능성을 보고 스스로 최선이라 생각하는 길을 고를 뿐이다. 가장 좋다고 생각하는 선택을 두고 굳이 다른 것을 고르지는 않을 테니까. 뒤집어 생각하면, 과거로 다시 돌아가더라도 당시의 기준에서는 다른 선택지가 눈에 들어오지 않았을 거라는 얘기다.

말하자면 우리는 매순간 최선의 선택을 하며 살아가고 있는 셈이다. 그러니 다소 만족스럽지 않은 결과가 나오더라도, 그것을 선택한 자신을 너무 몰아붙일 필요가 없다. 어쩌면 그것은 나름대로 최선을 다한 과거의 자신을 모욕하는 일일 수도 있으니까.

나의 첫 워크맨

내 방 서랍장 안에는 초등학교 때 쓰던 워크맨이 아직 들어 있다.

플라스틱 케이스가 거의 다 깨지고 반쯤 부서진 그 낡은 기계는 5학년 때였던가, 이모가 쓰던 걸 물려받은 것이었다. 받을 당시에도 몇 년 된 구형이었지만 이어폰을 꽂고 다니는 것이 소원이었던 내게 그런 건 하나도 중요하지 않았다. 손바닥만 한 그 카세트 플레이어는 거의 내 몸의 일부가 됐다. 학교와 학원에 갈 때도, 잘 때나 심지어 화장실에 갈 때도 그걸 들고 다니며 음악을 들었다. 엄마는 귀 망가지겠다며 혀를 찼지만 내 고집을 꺾지 못했다.

그렇게 쉴 새 없이 틀어 대니 가뜩이나 오래 된 기계가 버텨 낼 리 없었다. 쓴 지 1년쯤 지났을 때부터 귀퉁이가 깨져 나가더니 크고 작은 고장이 발생하기 시작했다. 배터리가 한참 남았는데도 재생 속도가 느려지는가 하면, 멀쩡한 이어폰을 꽂아도 가끔 한쪽 소리가 안 나왔다. 버튼이 안으로 들어가 다시 튀어나오지 않는 일도 비일비재했다.

반쯤 누더기가 된 워크맨을 보고 엄마와 이모들이 새 것을 사주겠다고 했지만 다 거절했다. 마음에 없는 소리를 한 게 아니라 진짜로 필요 없었다. 소리가 이상해질 때는 재생 버튼 근처의 한 부분을 손끝으로 탁 퉁기면 말짱해졌고, 이어폰이 안 들릴 때는 잭을 아주 살짝 옆으로 돌리기만 하면 되었다.

매뉴얼에도 없었고 다른 사람들에게 말로 설명할 수도 없었다. 그 기계를 쭉 써 온 나만 할 수 있었다. 그거면 됐다. 내 것을 빌려가 음악을 듣던 친구들이 "이거 이상해, 안 나와." 하면 가서 슥삭 고쳐주고 "원래 이래." 하고 돌아오는 그 기분이 이상하게 좋았다. 아주 친한 친구와 은밀한 비밀을 공유하고 있는 듯한 느낌이었다.

사람으로 치면 살인적인 과로에 시달리던 워크맨은, 내가 중학교에 들어갈 즈음 완전히 고장 났다. 뭘 눌러도

아예 반응이 없었다. 얼마 지나지 않아 예쁘고 반짝거리는 새 휴대용 CD 플레이어를 선물 받았다. 음질도 깨끗하고 잔 고장도 없었다. 나는 새것에 금방 익숙해졌다.

하지만 워크맨은 여전히 서랍에 넣어 두었다. 다 부서진 걸 뭐하러 모셔 두느냐는 잔소리를 들을 때마다 더 깊숙한 곳에 밀어 넣긴 했지만 버릴 생각은 하지 않았다. 아깝다기보다는, 그냥 그것이 쓰레기통에 굴러다니는 게 싫었다.

지금도 간혹 그것을 꺼내 재생 버튼을 눌러 본다. 당연히 아무 소리도 나지 않지만, 그 버튼의 감촉에 끌려오는 기억들이 좋다. 부서진 부분이나 금 간 곳에는 더 많은 기억이 묻어 있어 마음이 쓰인다. 수천 개 어쩌면 수만 개의 똑같은 제품이 세상에 나왔겠지만, 귀퉁이가 이렇게 깨져 나가고 가운데 실금이 간 건 오로지 내 것밖에 없을 테니까.

좋아하는 가수의 노래를 쉼 없이 들려주던, 온전한 '내 것'을 가진 감각을 처음으로 알게 해 준 나의 첫 워크맨. 아마 '정이 든다'는 걸 눈에 보이는 무언가로 만들어 보라고 하면, 나는 그 기계를 내놓을 것 같다.

잘못 든 길에도 풍경이 있다

5년 전 겨울 어느 밤, 나는 내 덩치만 한 가방을 멘 채 터키의 한 바닷가 마을을 헤매고 있었다. 갑작스런 비에 길이 심하게 밀려 버스가 연착된 탓이었다. 해지기 전에 도착했어야 했는데, 버스에서 내렸을 때는 이미 한밤중이 다 되어 있었다. 불빛 부스러기도 없는 늦은 밤 골목길은 무섭도록 적막했다. 춥고, 짐은 무겁고, 배도 고파 오고, 비는 추적추적 내리는데 손에 쥔 건 가이드북에서 잘라 낸 지도 하나뿐, 우산도 연락할 사람도 없었다. 덜컥 겁이 났다.

이틀 전까지의 계획대로라면 지금쯤 근처의 관광 도시에 있어야 했는데, 예쁘고 한적한 마을이 있다는 말에 혹해 행선지를 바꿔 버린 게 화근이라면 화근이었다. 쫄쫄 굶은 채 어두운 골목을 홀로 걷고 있자니 후회가 밀려왔다. 남들처럼 투어로나 들를 것을. 한참 걷다 보니 호텔이라 적힌 간판이 눈에 들어왔다. 허겁지겁 들어가 벨을 누르자 놀란 눈빛의 주인 남자가 나왔다.

내 몰골과 표정에서 상황을 파악한 호텔 주인은 내가 예상한 숙박비의 딱 두 배를 불렀다. 쓴 입맛을 다시며 돈을 낸 내게 그는 방 열쇠를 건네주며 "럭키 걸!"을 연발했다. 내가 오늘 이 호텔의 유일한 손님이라 제일 좋은 방을 준다는 거였다.

그런데 웬걸. 문을 열고 들어간 방은 가관이었다. 청소를 언제 한 건지 집기가 여기저기 널려 있는가 하면 사방에 먼지가 쌓여 있었다. 씻으려고 수도를 트니 찬 물만 나왔다. 주인을 부르고 싶었지만 다른 투숙객도 없는 상태에서 그를 내 방에 들이는 건 너무 무서웠다.

덜덜 떨며 대충 씻고, 차디찬 초코바 하나를 우적거리며 침대에 누웠다. 이가 갈렸다. 석양을 보며 여유롭게 저녁을 먹겠다던 어제의 계획이 터무니없게만 느껴졌다. 내가 미쳤지, 내일은 곧바로 다른 데로 가 버릴 테다. 이불을 둘둘 말고 누워 다짐하다 설핏 잠이 들었다.

그러다 새벽에 눈을 떴을 때는, 비가 그쳤는지 조용해져 있었다. 뻐근한 팔다리를 주무르며 창문을 가리고 있던 커튼을 젖혔다. 순간, 할 말을 잃었다. 창밖은 온통 금빛이었다.

오로지 파도 소리만 들리는 가운데, 발코니 바로 앞에 펼쳐진 바다 위로 해가 구름을 가르며 조용히 떠오르고 있었다. 들리는 거라곤 파도 소리뿐이었고, 난간 아래 바위에는 노란 고양이 한 마리가 나른하게 몸을 펴고 있었다. 모든 게 그린 듯이 완벽했다. 온전히 나 하나만 이 풍경에 속해 있는 기분이었다.

전날의 피로와 후회가 씻은 듯이 녹아내리는 가운데, 처음으로 그런 생각을 했던 것 같다. '잘못 찾아 든 곳에도 완벽한 풍경이 있을 수 있구나.'

물론, 그날의 경험이 당장 내 무엇을 바꾸지는 못했다. 나는 졸업을 앞둔 대학생이었으니까. 불투명한 미래 앞에서 감상은 빠르게 둔탁해졌다.

또래의 많은 친구들이 그랬듯, 나도 졸업 즈음에는 깊은 자괴감에 빠져 있었다. 여기저기 욕심껏 손 댄 건 많았는데도 무엇 하나 번듯하게 성공한 게 없었다. 실패로 끝난 목표들은 그것을 준비했던 시간까지 집어삼키며 이력서 곳곳에 구멍을 냈다. 그걸 보고 있노라면 내 인생에 쓸모 있는 부분이 하나도 없는 것 같아 참담했다. 무언가를 준비하다 실패한 '공백기'를 어떻게 그럴싸한 변명으로 둘러댈까 고민하는 데 하루의 많은 시간을 썼다. 몇 달이 지나면 그 시간들이 새로운 공백기가 됐다. 악순환이었다.

이대로는 정말 안 되겠다는 생각에 나를 써 준다는 곳이면 무턱대고 들어가기도 했다. 최소한 나를 뽑는다는 건 내 가능성을 인정한다는 뜻이라고 생각했으니까. 하지만 대개의 경우는 내가 필요했다기보다는 별로 내세울 것이 없는, 그래서 아무리 막 대해도 다른 곳으로 쉽게 옮기지 못할 것 같은 사람을 찾은 것뿐이었다.

그럴 때마다 내 과거의 수많은 실패들은 다시 쓰레기통에 버려졌다. 비슷비슷한 곳을 몇 군데 전전하며 울기도 많이 울었지만, 어쩔 수 없다고 체념했다. 그 동안 시간을 낭비한 벌을 받는 거라고 생각했으니까.

그러던 어느 날, 우연히 어느 회사의 구인 공고를 봤다. 하고 싶었던 일이었다. 잃을 것도 없는 마당에 망설일 필요가 없었다. 그 회사의 지원서에는 내 모든 실패 경험을 그대로 털어서 썼다. 떨어질 때 떨어지더라도 더 이상 변명하고 싶지 않았다. 그리고 그 다음 주, 나는 합격 통보를 받았다.

좋았지만 어리둥절했다. 이제껏 스스로를 감추고 포장하려 애쓸 때는 아무도 나를 봐 주지 않았는데. 입사 후 나를 뽑은 이유를 물었다. 나 같은 사람이 필요했다고 했다. 결핍과 실패를 아는 사람이. 다행스러웠으나 완전히 이해할 수는 없었다.

그 말의 의미를 알아차리게 된 건 한참이 지나서였다. 사람을 만나고 글을 쓸 때마다, 무언가를 실패했을 때의 기억이 한 조각씩 떠올라 길잡이 노릇을 했다. 시험에 떨어진 사람을 가장 괴롭히는 건 무엇인지, 돈 없는 사람이 왜 예민해지는지, 자신감을 잃은 사람이 어떻게 작아지는지, 그리고 그들이 그나마 위로 받을 때는 언제인지. 겪어 봤기에 볼 수 있었고 아니까 터놓고 이야기할 수 있었다.

처음엔 신기했다. 같은 일이 여러 번 반복되자, 내가 그렇게 쓸모 없는 시간을 살아온 건 아닐 수도 있겠다는 생각이 들었다. 그때부터, 이제껏 '버린 시간'이라 여겨 온 나날들을 떠올리기 시작했다. 내가 무슨 시험에 떨어졌고 무슨 자격증을 놓쳤고 하는 결과들이 아니라 그 당시의 생각과 감정과 일상들을 꼭꼭, 오래 씹었다.

많은 순간들이 보였다. 내 자격지심 때문에 멀어진 친구, 집 앞에서 눈물을 꾹꾹 참고 들어갔다 엄마 얼굴을 보자마자 통곡한 밤, 아무 버스나 잡아타고 돌면서 마음을 다잡으려 고민하던 날과 웃는 낯으로 지나가는 사람들이 괜히 미워 보였던 찌그러진 감정. 하나같이 실패의 찌꺼기처럼 느껴져 내버렸던 것들인데, 돌이켜 보니 그런 순간에 스쳤던 슬픔과 미안함과 아픔이 차곡차곡 쌓여 지금의 나를 지탱하고 있었다. 생각이 거기까지 미쳤을 때 5년 전 겨울에 보았던 그 해변의 일출이 불현듯 떠올랐다. 잘못 들었다고 생각한 여행길에서 마주친, 잊을 수 없는 풍경이.

문득 지금까지 살아 온 모든 순간이 그런 풍경과 같을지도 모르겠다는 생각을 했다. 성공이니 실패니 하는 것들은 그 순간이 지나면 아무것도 아니게 되지만, 그 길을 지나쳐 오며 보고 느낀 것들은 끝에 무엇이 있든 기억에 새겨지니까. 어쩌면 사람은 길의 끝에 놓인 결과가 아니라, 눈에 담은 길가의 풍경들을 곱씹으면서 깊어지는 게 아닐까.

그 생각을 한 이후로 실패하는 일을 예전처럼 겁내지

않게 되었다. 물론 여전히 성공하기 위해 노력하고 가능하면 실수하지 않으려 애쓴다. '실패하고 힘들어 봐야 인생의 진리를 깨우치는 것' 따위의 얘기를 떠들 생각도 없고 그렇게 생각하지도 않는다. 다만 무언가를 실패하더라도 그 시간 전부가 무의미하지는 않을 것이라고 믿기 때문에 조금 마음이 편해진 것뿐이다.

잘못 든 길에도 둘러볼 풍경이 있을 것이고, 운이 좋다면 또 한 번 완벽하게 아름다운 순간을 마주칠 수도 있을 테니까. 그리고 그 순간들은, 다음 날들을 살아갈 때 훌륭한 길잡이가 되어 줄 테니까.

모두 다른 곳을 본다

　백수 시절, 역시 백수였던 동네 친구와 만나 단골 밥집에서 점심을 때운 날이었다. 부른 배를 만족스레 두드리며 근처 카페로 갔는데, 그 입구에 놓여 있는 것이 눈에 띄었다.

　"저거 휠체어용 경사로 아냐?"

　카페 앞의 경사로는 얼핏 보기에도 50도는 족히 될 만큼 가팔랐다. 걸어 올라가기도 힘들 것 같은 그 길로 휠체어가 올라가는 건 어떻게 봐도 불가능했다. 이전에도 여러 번 지나친 카페였는데 왜 그날에야 그것이 눈에 들어왔는지는 알 수 없었다. 하지만 일단 보고 나니 이제껏 이걸 그냥 지나쳤다는 게 이상하게 느껴질 정도로 그 경사로는 말도 안 되는 모양을 하고 있었다.

친구와 나는 그 자리에 멈춰 서서 불합리한 현실에 지극히 온당한 만큼 화를 냈다. 그리고는 그 경사로를 사진으로 찍어 짧은 글과 함께 SNS에 올렸다. 곧 '좋아요' 여러 개가 찍히고 댓글도 달렸다. 그 카페에 들어가 앉아 커피를 마시며 댓글을 확인하고 있으면서도, 솔직히 조금 뿌듯했다. 남들이 보지 못하는 곳을 혼자 보았다는 생각에.

그로부터 얼마 후, 나는 한 언론사의 인턴직에 지원하면서 '취재하고 싶은 아이템' 항목에 그때 찍었던 사진을 첨부해 휠체어용 경사로의 실태 조사를 적어 냈다. 그 기획은 나름대로 신선하다는 평가를 받았고, 그해 여름 나는 한 달 반 짜리 인턴기자가 되었다.

대부분의 인턴들이 그렇듯 첫 출근을 하던 날의 나는 새파란 사명감과 자신감으로 가득 차 있었다. 남들이 알지 못하는 것, 보지 못하고 지나치는 것들을 파헤쳐 누군가를 돕겠다는 생각만 해도 가슴이 벅차 숨이 가쁠 지경이었다.

일주일간 기사 쓰기 교육을 받은 뒤, 첫 취재 아이템으로 시각 장애인 복지관의 음성 도서 녹음 봉사자 인터뷰를 택했다. 집 근처 시각 장애인 복지관에 전화로 인터뷰 요

청을 넣자 흔쾌히 허락이 떨어졌다. 명함 한 뭉치를 들고 집을 나섰다.

인턴이나마 '기자'라는 이름이 찍힌 명함을 누군가에게 처음으로 건네는 날이었다. 복지관에 도착하자 담당 직원이 나를 기다리고 있었다. 비장애인이었다. 조금 어색한 폼으로 인사를 하고, 이름 뒤 '~입니다'를 얼버무리며 명함을 건넸다. 그도 내게 명함을 주었다. 그의 명함에는 묵자(활자)와 점자가 함께 표기되어 있었다.

그 명함을 받는 순간, 미처 보지 못한 문에 머리를 부딪힌 듯한 기분이 들었다.

반들반들한 내 명함에는 이름과 직책, 소속과 연락처가 한글과 영문으로 미끈하게 인쇄되어 있었다. 누군가에게는 이것이 아무 정보도 없는 네모난 종이조각에 불과할 수 있다는 생각은 그 순간까지 전혀 하지 못했다. 심지어 시각 장애인 복지관에 찾아가면서도.

얼굴이 화끈거렸다. 물론 미리 알았다고 해도 새로운 명함을 준비해 갈 수는 없었겠지만, 감히 '남들의 눈에 띄지 않는 세계'를 보여 주겠다고 나섰던 내 알량한 자신감이 마냥 부끄러웠다. 많은 부분을 놓치고 있는 것은 나 역시 마찬가지였다.

이날 취재 도중 시각 장애인 직원과도 인사를 나누었지만, 나는 봉사자와 인터뷰 중이라는 핑계로 짐짓 정신 없는 척을 하며 그에게 명함을 건네지 않았다. 아니 건네지 못했다고 하는 편이 맞겠다. 지금에 와서야 그것이 더 실례였을 수 있다는 생각이 들긴 하지만, 그날은 감히 그럴 수가 없었다.

이날의 일은 이후로도 꽤 오랫동안 창피한 경험으로 기억에 남았다. 어디서부터 잘못되었던 걸까. 얼굴을 붉히며 몇 번인가 그날을 반추한 후에 내린 결론은 한 가지였다.

사람의 시야는 모두 달라서, 내가 어떤 이를 아무리 큰 관심으로 지켜본다 해도 그의 시야에 들어오는 세상과 내 시야 속의 세상이 완벽하게 일치할 수는 없다는 것이었다. 겹치는 부분은 생길 수 있겠으나, 타인과 내가 온전히 같은 것을 본다는 건 애초에 불가능했다.

그날 내가 저지른 가장 큰 잘못은 점자 명함을 내놓지 못한 일이 아니었다. 장애인에게 조금 관심을 가진 것만으로 남들보다 내가 그들을 더 잘 안다고 착각했던 것과, 그런 주제에 감히 다른 사람들에게 그들의 무엇을 '알려' 주겠다고 어깨에 힘을 주며 나섰던 바로 그 부분이었다.

　아무도 관심 갖지 않는 어떤 약자가 있다고 치자. 그리고 내가 처음으로 그의 존재를 발견했다고 생각해 보자. 그것에는 내가 우연히, 혹은 어떤 계기로 남들보다 그 사람에게 먼저 시선을 돌렸다는 것 이상의 의미는 없다. 그의 삶 전체를 이해한 양 굴며 다른 이들에게 그의 괴로움을 대신 전해 주겠다고 나설 자격은 내게 없다는 말이다. 내가 그 사람이 되지 않는 이상, 언제나 놓치는 부분이 존재할 것이므로.

　그 다음부터 종종 누군가를 인터뷰할 일이 생길 때면, 나는 나를 가능한 배제한 채 상대의 이야기를 최대한 많이 듣고 수집하는 데 가장 공을 들였다. 취재를 마친 뒤에는 들은 이야기를 가능한 한 온전히 전달할 수 있는 방법을 오래 고민했다. 나는 알아챘지만 너는 모르는 이야기를 가르쳐준다는 생각이 아니라, 나도 모르고 너도 몰랐던 이야기를 내가 대신 듣고 그대로 전달해 준다는 마음으로.

　우리는 모두 다른 곳을 본다. 그렇기에 서로를 이해하지 못하는 건 지극히 자연스러운 일이고, 최대한 많은 부분을 이해하기 위해 할 수 있는 건 오로지 끊임없이 말하고 열심히 듣는 것뿐이다.

이 당연한 진실을 깨닫는 데 참 오랜 시간이 걸렸다.

소심한 아이만 알 수 있는 것

좋아하는 것들을 좋아한다고 말하는 데 적지 않은 시간이 걸렸다. 소심하고 남 눈치를 많이 보는 편이었던 나는 언제나 내가 어떤 것을 좋아한다는 사실이 비웃음거리가 될까 봐 두려워했다.

학교에 들고 다니던 MP3 플레이어나 PMP에는 늘 두 개의 폴더가 있었다. 첫 번째 폴더에는 당시 아이들 사이에서 가장 유행하는 노래나 예능, 만화 같은 것들이 들어 있었는데 나는 그 안에 든 것들을 거의 보거나 듣지 않았다. 그건 그냥 다른 아이들에게 보여 줄 때 쓰기 위한, 일종의 모델하우스 같은 거였다.

내가 진짜 좋아하는 것들은 깊이 숨겨진 두 번째 폴

더에 들어 있었다. 그래 봤자 옛날 노래들이나 일본 밴드의 공연 영상, 메탈 몇 곡 정도가 들었을 뿐 딱히 남다른 내용물이 있던 건 아니었는데, 그럼에도 나는 들키면 큰일나는 비밀처럼 그것을 꽁꽁 싸매서 감췄다. 지금 생각해 보면 그냥 친구들이 별 관심 없는 걸 좋아한다는 감각 자체에 불안을 느꼈던 것 같다.

그런 감정에서 벗어나기 시작한 게 언제부터였는지는 정확히 기억나지 않는다. 복학 후 동기들과 학년이 어긋나 갑자기 혼자 다니는 시간이 늘었을 때부터일 수도 있고, 정말 특이한 취향을 아무렇지 않게 이야기하는 친구들을 하나 둘 만나면서부터였을 수도 있다. 혹은 둘 다일 수도 있고.

어쨌든, 내가 좋아하는 것들에 관한 이야기를 스스럼 없이 할 수 있게 되면서부터 삶은 빠르게 풍요로워졌다. 내가 두려워했던 것과 달리 대부분의 사람들은 자기와 다른 걸 좋아하는 사람을 비웃기보다 재미있어 했다. 서로의 취향에 관한 이야기를 나누다 보면 의외의 접점을 마주치기도 했고, 생각도 못한 새로운 걸 좋아하게 되는 일도 있었다. 그럴 때면 물감 섞어 쓰는 방법을 처음 배웠을 때와 비슷한 흥분을 느꼈다.

가끔 '조금 더 일찍 이럴 수 있었다면 어땠을까' 상상해 본다. 비밀 폴더를 만드는 대신 친구들에게 내가 좋아하는 음악이나 물건들에 대해 이야기해 줄 수 있었다면. 그랬다면 지금쯤 좀 더 다양한 색을 가진 사람이 되었을까. 최소한 나와 같은 걸 좋아해 줄 친구를 한 명 정도는 더 만들 수 있지 않았을까.

정말 그랬을 거라고 생각한다. 더 많은 것들을 좋아하는 사람으로, 지금보다 좀 더 솔직한 사람으로 자랐겠지. 더 인기가 많은 사람이 되어 있을지도 모르겠다.

하지만 그럼에도 그때의 나를 후회하거나 책망하고 싶은 마음은 없다. 물론 후회해 봤자 소용없는 일이기 때문인 것도 있지만, 그보다는 내가 그토록 소심한 아이가 아니었다면 결코 알 수 없었을 것들이 분명히 존재하는 까닭이다.

예를 들면, 겨우 자기가 좋아하는 걸 말하는 일에도 큰 용기가 필요한 사람이 있다는 것.

겪은 사람만 아는, 경험해 보지 않은 사람은 존재조차 모를 두려움을 알고 있다는 건 취향을 수집하는 일과 또 다른 방향으로 내 삶을 떠받쳐 왔다.

그렇기에 나는 앞으로 더 많은 사람들과 좋아하는 것들에 관한 이야기를 나누겠지만, 그러면서도 쓸데없이 겁 많던 어린 날의 기억을 결코 지워 내거나 부끄러워하지 않으려 한다. 모든 감각들에는 다 제각기 색이 있으니까.

크레파스 상자에 검은색 크레용을 챙겨 넣는 것처럼 그때의 기억도 언제나 마음 한 켠에 소중히 챙겨 둔 채, 그렇게 살아갈 생각이다.

손톱 다듬는 날

일주일에 한 번 정도, 자리를 잡고 앉아 손톱을 꾸민다. 자라난 손톱을 깎고 버퍼로 가장자리를 갈아 낸 다음, 표면을 반질반질하게 다듬고 매니큐어를 여러 번 덧발라 잘 말리면 한 시간 정도가 훌쩍 지나 있다. 아무 생각 없이 한 가지에 공을 들이는 시간이 좋아 꾸준히 해 오다 보니 이제 주변에서 솜씨 좋다, 손톱이 예쁘다는 소리를 종종 듣는 정도는 되었다.

몇 년 전까지는 꿈도 꿀 수 없던 일이었다. 초등학교에 들어가기도 전부터 손톱 물어뜯는 버릇이 생긴 바람에 내 손끝은 늘 크고 작은 상처로 엉망진창이 되어 있었다. 뭘 바르고 꾸미기는커녕 손톱깎이로 깎아 낼 것도 없었다.

조금 큰 다음에는 내 생각에도 별로 보기 좋은 습관이 아닌 것 같아서 여러 번 고치려 해봤지만, 항상 일주일을 넘기지 못했다. 평소에는 잘 참다가도 뭔가에 집중하거나 조금만 스트레스를 받는 상황이 생기면 나도 모르게 손이 입으로 갔다.

그러다 보니 시험을 준비하거나 중요한 면접을 앞두었을 때면 어김없이 손끝이 너덜너덜해졌다. 친구들과 싸웠을 때나 직장에서 압박을 받을 때도 마찬가지였다.

"너 계속 그렇게 물어뜯으면 손톱 모양 다 망가져. 기껏 손 멀쩡하게 낳아 놨더니 그게 뭐야, 이놈의 지지배야."

야단치다 잔소리를 하다 끝내 포기해 버린 엄마는 울퉁불퉁하고 이곳저곳이 갈라진 내 손톱을 볼 때마다 한숨을 쉬었다. 정서가 불안하면 저렇다던데 어렸을 때부터 집에 놔두고 내가 회사를 다녀서 그러나, 한탄처럼 이어지는 이야기에 말도 안 되는 소리 하지 말라며 웃어넘겼지만, 아닌 게 아니라 나도 좀 걱정이 되긴 했다. 이 버릇을 고치고 나서도 손끝이 원래대로 돌아오지 않으면 어쩌나. 휘어지고 이곳저곳이 파인 채로 남으면 어떻게 하지?

그래서 생각해 낸 게 매니큐어였다. 잔뜩 망가진 손

톱이 뭘 바른다고 감춰질 리는 없었지만, 그래도 이걸 발라두면 최소한 전처럼 마구 물어뜯지는 않겠지 싶어 열심히 칠했다.

다행히 효과가 있었다. 찔끔 길어지기 무섭게 사라지던 손톱은 색색깔의 매니큐어를 얹고 무사히 자랐다. 손끝에 나 있던 상처들도 하나둘 아물기 시작했다. 절대 사라질 것 같지 않던 손톱 가운데의 움푹 패인 곳들까지 조금씩 채워지더니, 반 년이 채 지나지 않아 내 손톱은 언제 물어뜯었냐는 듯 완전한 모양을 되찾았다.

그 사이 손톱 꾸미는 일은 내 몇 안 되는 취미 중 하나로 자리잡았고, 하나둘씩 사 모으던 매니큐어는 큰 상자 하나를 가득 채울 정도로 많아졌다.

이제 일요일 저녁이면 밥상을 물리자마자 습관처럼 손톱을 다듬고 매니큐어 상자를 꺼내 바를 색깔을 고른다. 색을 칠하기 전이면, 반들반들해진 맨 손톱을 오래 들여다본다. 상처의 흔적 없이 길쭉하게 자란 손톱을 보면 조금 묘한 기분이 든다. 다행스럽기도, 약간 기특하기도 하면서 마음 이곳저곳의 자잘한 상처들이 함께 아물어 가는 듯한 복잡한 감정이라고 해야 하나.

끈기가 없어 걸핏하면 질려 하고 그만두기도 잘 하는 나지만, 이 취미는 아마 싫증을 내기까지 좀 오랜 시간이 걸릴 것 같다.

그의 무례는

내 탓이 아니다

그의 무례는 내 탓이 아니다

무례한 사람으로부터 예기치 못한 상처를 받을 때면, 따끔거리는 마음을 부여잡고 혼자 열심히 되뇌는 말이 있다. '이건 내 상처가 아니다.' 그렇게 반복하다 보면 마음이 금방 편안해진다.

뭔가 잘못해서 지적을 받았다면 그 부분을 짚어 내고치면 되고, 다퉜다면 풀면 된다. 하지만 누군가 단지 내게 상처를 주기 위해 약점을 후벼 파는 모진 말을 내뱉었다면 내 쪽에서 어떤 노력도 할 필요가 없다. 상황의 원인은 내게 있는 것이 아니라 상대의 무례함에 있고, 그가 할 말과 못할 말을 가리지 못하는 사람인 것은 내 책임이 아니기 때문이다.

'내가 조금 더 나은 사람이었다면 이런 모욕을 당하지 않았을 텐데.' 같은 자책은 출구 없는 괴로움만 안겨 줄 뿐이다. 그런 사람은 내가 아무리 완벽한 모습을 하고 있어도 어떻게든 트집거리를 찾아 못된 말을 했을 게 틀림없다.

그러니 부당하게 예의 없는 말을 들으면 기름종이에 물방울이 미끄러지듯 흘려보내고, 그 말의 책임을 최대한 빨리 상대에게 넘겨 버리는 게 정신 건강에 좋다. 그의 무례는 내 탓이 아니다.

나는 엄마의 두 번째 기회다

다섯 살이 되자마자 엄마는 나를 피아노 학원에 보냈다. 다니기 시작한 지 얼마 되지 않아 내 방에는 고급 피아노가 들어왔다. 여덟 살이 되었을 때는 플루트도 가르쳤다. 슬프게도 나는 음악에 재능도 관심도 없었다. 피아노 학원에서는 건반을 대충 튕기며 시간을 때우다 돌아오기 일쑤였고, 플루트는 몇 번 배우지도 못한 채 학교 앞에서 전자오락을 하다 잃어버렸다.

플루트는 둘째 치고, 피아노를 5년이나 배워 놓고도 지금은 악보조차 못 보는 내 이야기는 가족들의 단골 놀림거리였다. 내가 생각해도 어이가 없으니 매번 웃지만, 다른 것에는 그다지 집착하지 않던 엄마가 왜 악기를 가르치는 데만 그토록 열심이었는지는 알 수 없었다. 그래서 또 그 이야기가 나온 어느 날 물어봤다. 왜 그렇게 일찍 피아노부터 가르쳤냐고. 엄마는 웃으면서 답했다.

"나 어릴 때는 동네 부잣집 애들이 피아노 배우러 다녔었어. 악보 책 든 노란 가방 들고. 그 가방, 나도 꼭 들어 보고 싶었는데 아무리 졸라도 할머니가 안 보내 줘서 못 다녔지."

그래서 딸을 낳으면 꼭 피아노부터 가르치겠다고 혼자 마음먹었는데 괜히 돈만 버렸다면서, 엄마는 또 웃었다.

엄마는 음악을 좋아했다. 노래도 잘했고 악기를 연주하는 것도 좋아해서 음대에 가고 싶었다고 했다. 결국 포기해야 했지만. 내가 건성으로 다녔던 피아노 학원은 엄마가 이루지 못했던 꿈 중 가장 좋은 부분이었다. 그럴 줄 알았으면 그만둘 때 그만두더라도 좀 성의 있게 다닐 것을. 같이 웃었지만 내심 미안했다.

그러고 나서 돌이켜 보니 내 유년기 경험의 많은 부분에 엄마의 어린 시절 소망이 묻어 있었다. 내게는 다섯 살 때부터 당연한 것이었던 내 방과 책상과 침대, 물려 입은 적 없는 새 옷들이며 주말마다 다녔던 가족 여행 같은 것들. 어쩌면 엄마에게 있어 나는 두 번째 기회였을지도 모른다. 망치지 않고 더 잘 만들어 보고 싶은 또 한 번의 기회.

그렇다고 해서 엄마의 소망이 날 얽맨 건 아니었다. 날 피아노 학원에 보내던 때의 엄마와 같은 나이가 된 나는, 엄마와 성격도 취향도 전혀 다른 사람으로 자랐다. 각자의 생활이 있으니 앞으로는 더 달라질 테고. 우리 둘 다 그걸 잘 알고 있고, 엄마는 앞으로도 내게 어떤 사람이 되라고 요구하지 않을 것이다. 이제껏 그랬듯이.

그럼에도 내가 이런 것들을 이야기하는 건, 내 삶의 기반에 엄마의 소망이 담겨 있다는 걸 잊지 않기 위해서다. 내게 자신의 결핍을 물려주지 않으려 애쓴 엄마 덕에 내 어린 시절이 한결 다채롭고 따뜻할 수 있었으니까. 그 사실을 마음에 담아 두고 있는 것 정도가, 지금 내가 할 수 있는 유일한 감사 표시다.

자격지심에 관하여

찌질함의 극치를 달리던 시절, 날 가장 비참하게 만든
건 바닥난 통장 잔고나 후줄근한 옷 몇 개가 전부인 옷장
이 아니었다. 잔뜩 비뚤어진 채 애먼 사람들에게 화풀이하
며 그들을 어떻게든 깎아내리려는 나 자신이었다.

그때의 나는 모든 것에 냉소했고 또 쉽게 빈정거렸다.
너희는 그래도 다 나보다 살 만하지 않느냐고. 그러다 친구
몇 명을 잃었다. 순전히 내 탓이었다. 나도 그걸 알고 있었
다. 내 빈 주먹 속에 남은 게 자존심이 아니라 자격지심이라
는 걸 실감하는 밤이면 자책과 부끄러움으로 잠을 설쳤다.

왜 더 대범하고 너그럽지 못할까. 다른 사람의 일상에
휘둘리지 않고, 당당하게 축하해 주고 사심 없이 위로해 주

며 좀 더 어른스럽게 살 수는 없는 걸까. 오래 고민했지만 답은 나오지 않았다.

아무리 노력해도 내가 그 같은 '어른'이 될 수 없다는 걸 깨달은 건 괴로운 밤을 수백 번도 더 보낸 뒤였다. 이유는 슬플 만큼 간단했다. 애초에 난 그런 사람이 아니었다. 도 닦듯 스스로를 옥죄고 다그쳐 봤자 돌아오는 건 고통과 자괴감뿐이었다.

무슨 짓을 해도 고칠 수 없다는 걸 깨달은 다음부터는 자격지심은 일종의 알레르기 같은 거라고 생각하기로 했다. 살다 보니 우연히 얻게 된, 불편하지만 마음대로 없앨 수 없는 고질병 같은 것이라고.

내 잘못으로 생긴 건 아니고 꼭 없애야 하는 것도 아니지만 불편함을 줄이기 위해 조심하자고 스스로를 다독거렸다. 다행히 그 방법은 유효해서, 열등감이나 자격지심을 아주 없애 버리지는 못했지만 나 자신을 미워하지 않으며 그것들을 다루는 일에는 조금 익숙해졌다.

그럼에도, 가끔 마음속 한 구석에서 오래된 자격지심이 튀어나오는 날이 있다. 그럴 때면 말을 줄이고 상대의 말을 더 주의 깊게 오래 들으며, 누군가를 함부로 판단하지 않으려고 한다. 그렇게 평소보다 조금 더 예의 바르게 행동하고 조심스럽게 말하면서 기다린다. 이 찌그러진 감정이 아무도 다치게 하지 않은 채 지나가기를.

평범하게 못난 지금의 나로서는 그 정도가 최선이다.

미움도 노동이다

사람을 미워하는 데는 생각보다 힘이 많이 든다. 누군가를 싫어하는 감정은 보통 한두 가지 이유에서 시작되는데, 처음에는 아주 사소한 것이었더라도 눈덩이를 굴리듯 감정을 굴리다 보면 미움에 점점 살이 붙는다.

그러다 어느 순간부터는 그 사람의 모든 부분이 마음에 들지 않게 되고, 더 싫어할 수 있는 이유를 찾기 위해 그의 일거수일투족을 살핀다. 미움이 웬만큼 완성되면, 그 사람의 실패를 확신한다. '저 무능한 놈이 뭔들 잘하겠어.' 혹은 '저렇게 성격이 더러우니 결국 다른 사람들에게도 버려지겠지.' 같은 생각을 하면서.

그때부터 조급해지는 건 미움 받는 사람보다 미워하

는 사람 쪽이다. 그 사람이 별 문제 없이 잘 지내면 자신의 판단에 문제가 있었다는 결론이 되니까, 계속 미운 사람의 삶을 흘깃거려야 한다. 해본 사람이라면 누구나 알겠지만, 다른 사람의 불행을 믿고 바라는 건 정말 대단한 감정 노동이다.

최대한 남을 미워하지 말자고 다짐하는 건 그래서다. 선한 사람이 되고 싶다거나 업보를 쌓지 않기 위해서가 아니라, 그것에 너무 많은 에너지가 소모된다는 걸 알기 때문이다. 마음이 늘 내 생각처럼 움직이는 건 아니지만, 매일 한밤중에 퇴근하면서도 야근을 줄이자고 결심하는 것과 비슷한 맥락으로 늘 사람을 미워하지 말자고 다짐하곤 한다.

비판에도 조준이 필요하다

타인을 비판할 때는 먼저 조준점을 명확히 다듬어야 한다. 그의 행동이나 말들 중 어느 부분이 옳지 않다고 생각하는지, 그리고 왜 그렇게 생각하는지 확실히 결론을 내린 후 그 부분에 대해서만 입을 열어야 한다는 이야기다. 공개적으로 이야기해야 할 때라면 더욱 그렇다.

이 과정을 제대로 거치지 않았다가 곤경에 빠진 사람들을 종종 본다. 비판하려는 사람에 대한 미움이 다른 감정을 덮어 버려서, 애초에 비판하려 했던 지점을 벗어나 개인적인 약점을 건드리거나 인신공격을 하다 오히려 자신이 수세에 몰리는 것이다.

그들을 비열하다고 욕하고 싶지는 않다. 화를 내면서

생각을 가다듬기는 쉽지 않고, 싸울 때는 누구나 본능적으로 가장 공격하기 쉽고 빠른 부분을 찾게 되니까. 이렇게 말하는 나조차도 거기에서 자유롭지 않다.

다만 내가 그런 본능을 누르려고 애쓰는 이유는, 그렇게 충동적으로 내뱉어지는 공격에 아무 죄 없는 사람들이 자주 다치는 까닭이다. 가령 누가 어떤 이의 인격적인 문제를 비판하겠다면서 아무 관계없는 그의 가정사를 끄집어내 공개적으로 조롱한다면, 상처를 받는 건 결국 그 모습을 보는 비슷한 상황의 다른 사람들이다.

비판은 잘못된 부분을 정확히 찌를 때만 유효하다. 단지 화가 났다는 이유로 다듬어지지 않은 감정과 말을 휘두르며 무고한 사람들에게 상처를 줄 자격은 누구에게도 없다. 그러니 다른 사람을 비판하고 싶다면, 그 비판이 반드시 필요하다고 생각할수록 섬세해져야 한다.

잘못된 것에 화를 내는데 왜 그런 공을 들여야 하냐고 물을 수도 있겠지만, 그 정도 고민도 하기 싫다면 그건 이미 비판이 아니라 하찮은 헐뜯기에 불과할 뿐이다.

말은 아무것도 아니야

잘 쓰는 것만 바라던 때가 있었다. 글 잘 쓰는 사람들이 너무너무 부러웠다. 따라도 써 보고 그대로 베껴서 공책에 옮겨 적어 보기도 했다. 나는 엄두도 못 낼 발상을, 생각도 못할 표현을 아무렇지 않게 써내려 가는 필력이 너무 부러워서 잠도 안 오던 날들이 있었다.

물론 지금도 마찬가지다. 여전히 잘 쓰고 싶다. 보면 볼수록 내 부족한 것만 떠오르고 남들 잘 쓴 글만 눈에 띈다. 부럽고 질투도 난다.

다만 변한 것이 있다면 좀 더 잘 쓰는 사람이 되는 것보다, 쓴 대로 사는 사람이 되는 게 더 절실해졌다는 것이다. 글이 충분히 늘었다고 생각해서가 아니다. 생각한 만큼, 생각한 대로 사는 게 쉽지 않다는 걸 알게 되어 그렇고, 사는 게 쓰는 것에 미치지 못하는 사람의 글이 얼마나 공허해 보이는지 알게 되어 그렇다. 말은 정말 아무것도 아니다.

더 잘 쓰고 싶지만 그건 나중 문제고, 일단은 잘난 척하며 써 온 것만이라도 지키면서 살고 싶다. 최소한 그러려고 안간힘을 쓰는 사람이면 좋겠다.

실망

다른 사람에게 실망했다는 말을 잘 하지 않는 편이다.

실망은 언제나 기대를 전제하는데, 말로 약속한 것도
아닌 모습을 내가 누군가에게 '기대'한다는 것이 오만으로
느껴졌기 때문이다. 마찬가지 이유로 기대한다는 말도 잘
꺼내지 않는다. 사람을 볼 때면 그냥 보이는 모습이 그 사
람이려니, 이제까지와 다른 모습이 보이면 그것 역시 내가
몰랐던 그 사람이려니 한다.

하지만 나 자신에게 끊임없이 뭔가를 기대하고 실망
하는 버릇은 여간해서 없어지질 않는다. 스스로를 평가하
지 말자고, 있는 그대로를 받아들이자고 수시로 다짐하는
데도 뭔가 마음처럼 되지 않을 때면 불쑥불쑥 실망감이 튀

어나온다.

　내가 나를 잘 알기 때문일까, 아니면 스스로를 전혀 모르기 때문일까. 참 이상한 일이다.

행운을 누릴 자격

행운은 언제나 예상치 못한 순간에 찾아든다. 그것을 갈망할 때와 그렇지 않을 때를 가리지 않고. 그렇기에 나는 어릴 때부터, 기회는 준비된 자에게 온다는 말과 만반의 준비가 되어 있는 사람만이 갑작스러운 행운을 누릴 수 있다는 가르침을 듣고 자랐다.

하지만 지금 와서 보면 그 말은 반만 맞고 반은 틀린 듯싶다. 우연한 기회를 움켜잡는 데까지는 꾸준히 쌓아 온 노력이 유효하겠지만 그것을 계속 누릴지 아닌지는 단 한 가지 능력이 결정한다. 바로 분별력이다.

많은 사람들이 행운에 취한다. 그중 몇은 '운도 실력'이라는 말을 지나치게 믿은 나머지, 자신이 운이 좋았다는 사실조차 잊는다. 그들은 당연히 얻을 만한 결과를 얻었다고 여기며 자신을 한없이 부풀리다가, 결국 모든 걸 풍선처럼 터뜨려 버리고 만다. 또 어떤 사람들은 좋은 기회를 얻고도 '내가 이걸 받아도 될까' 집요하게 의심하다 놓쳐 버린다.

반면 꾸준히 성공을 거두는 사람은 행운을 맹신하지도 부정하지도 않는다. 얻게 되면 얻고 줍게 되면 줍는다. 다만 어디까지가 운에 의한 것이고 어디까지가 자신의 노력에 의한 것인지를 명확히 구분할 줄 안다. 그러니 과하게 들뜨지도, 쉽게 기죽지도 않고 언제나 냉정을 유지할 수 있다.

우연히 다가든 기회를 정말 내 것으로 만들고 싶다면, 지금 자신이 갖고 있는 것 중 진짜 내 몫이 얼마인지를 제대로 알고 있어야 한다. 언제든 내놓아야 할 부분도 있다는 걸 항상 염두에 두는 자세가 필요하다는 얘기다. 운이 언제 찾아들지야 예측할 수 없다지만, 내 몫이 얼마인지는 조금만 생각하면 누구나 쉽게 알 수 있지 않은가.

못된 사람이 항상 벌을 받지는 않는다

살다 보면 미운 사람이 생긴다. 그중에서도 내게 상처를 준 사람은 절대로 잊지 못하게 된다. 당한 만큼 돌려주지 못했을 경우엔 분노가 더욱 커진다. 그럴 때 그 감정을 달래기 위해 우리는 흔히, 그 사람이 어떤 식으로든 곧 벌을 받게 될 거라고 믿는다.

순간적으로 마음을 진정시킬 수는 있겠지만, 이 방법은 별로 효율적이지 않다. 만일 그가 한참 뒤까지도 아무 일 없이 잘 살고 있다면 당시의 분노에 배신감까지 더해져 오히려 역효과가 나는 까닭이다. 그리고 그런 경우가 생각보다 훨씬 많다.

착한 사람이 모두 행복한 인생을 사는 건 아니듯 못된

사람이 항상 벌을 받지는 않는다. 만에 하나 못된 사람이 우연히 불행한 일을 겪더라도, 그것을 그의 이전 행동에 대한 벌이라 볼 수는 없다. 아무런 잘못을 하지 않은 사람도 불행을 겪곤 하니까.

그러니 누군가로부터 상처를 받았을 때, 꼭 싸워야 하는 일이 아니라면 그냥 그를 없는 사람인 셈 치고 다 잊어버리는 것이 가장 마음 편하다. 다른 사람을 위해서가 아니라 내 스스로의 평안을 위해 그러는 게 좋다.

이미 받은 상처는 돌이킬 수 없다지만, 다른 사람의 불행을 빌기 위해 굳이 그의 일상을 신경 쓰고 지켜보며 스스로를 또 상처 입히는 건 마음만 먹으면 그만둘 수 있으니까.

선의는 쉽게 녹는다

외국 도서를 수입해 도서관에 납품하는 회사에 잠시 다닌 적이 있다. 동남아와 중앙아시아 국가들의 책을 주로 취급하는 소위 '다문화 아동 도서' 수입 전문 업체였다. 열 명 남짓한 직원이 있었는데, 나는 각 도서관들의 의뢰 내용에 맞춰 납품 도서 목록을 만들고 서지 정보를 입력하는 일을 했다.

누군가를 만났을 때 이런 일을 한다고 하면 가장 많이 듣는 말은 좋은 일 하시네요, 였다. 틀린 말은 아니었다. 다문화 가정의 부모가 아이에게 고향의 언어로 된 책을 보여줄 수 있도록, 공공도서관에 아시아 여러 나라의 동화를 납품한다는 건 분명 의미 있는 일이었으니까.

하지만 정작 내 업무는 공익과 거리가 멀었다. 영세 기업의 전형을 보여 주는 것 같은 낡고 좁은 사무실에는 피로와 체념이 공기처럼 떠다녔다. 사장은 그 공간의 왕이었고, 우리는 그의 명령에 맞춰 더 빨리 더 많은 곳에 책을 팔기 위해 끊임없이 움직였다.

도서관에서 구매 예산 액수와 원하는 국가, 대상 연령대, 권 수 등의 몇 가지 조건을 적어 보내면 우리는 엑셀 파일에서 그 조건들을 필터링해 책을 추렸다. 캄보디아, 베트남, 필리핀, 태국, 몽골, 네팔, 인도네시아…….

문제는 그때부터였다. 책을 분류하고 시스템에 검색 정보를 등록하려면 책 제목과 주제어 같은 것들이 필요했는데 직원 중 누구도 책 속의 언어들을 읽지 못했다. 나도 마찬가지였다. 유일하게 활용할 수 있는 건 구글 번역기뿐이었는데, 그것에 책 제목을 복사해 넣으면 '하늘은 닭 눈물' 같은 해괴한 번역이 나왔다. 이걸로 어떻게 목록을 만든다는 건지 도무지 이해할 수 없었지만, 빠듯한 납기일을 맞추기 위해서는 그렇게 할 수밖에 없다고 했다.

내가 국역 제목이랍시고 적고 있는 것들이 도서관에 방문할 그 나라 사람들의 눈에는 '짱짱한 쿵잔치'처럼 황당한 단어의 나열로 보일 거라는 걸 알고 있었지만 어쩔 도리가 없었다. 시간이 나는 대로 인터넷 사전을 뒤지고 뒤져 그나마 말이 되는 것 같은 제목으로 다듬는 것이 내 최대한의 양심이었다. 하지만 정말이지, 아무 문제도 없었다. 어차피 도서관 직원들도 그 언어들을 전혀 몰랐으니까.

자꾸만 옅어져 가는 죄책감을 부여잡으며 이 프로세스의 책임이 누구에게 있는지를 자주 생각했다. 한 사람만의 책임은 아니었지만 책임에서 자유로운 사람도 없었다. 의뢰서 확인차 도서관에 전화해 이야기를 나눠 보면 사서들은 모두 바쁘고 피곤했다. 다문화 도서실을 꾸리고 책을 채워 넣는 일은 그들이 쥐꼬리만 한 예산으로 집행해야 하는 수많은 사업들 중 하나일 것이었다. 턱없이 적은 인력과 돈으로 최대한의 효율을 내기 위해 가장 저렴한 외주 업체를 찾았을 그들에게, 책 제목 번역을 검수할 여유까지 기대하는 건 애초에 불가능했다.

그 저렴한 공급가를 유지하기 위해, 사장은 최저 시급에 간당간당한 월급을 주면서도 직원들이 트는 에어컨조차 아까워했다. 그러면서도 늘 "각자 자기가 받는 월급 값을 하고 있는지 돌아 봐라."라든가 "퀄리티 따져가며 길게 볼 생각 말고 당장 오늘, 이번 주, 이번 달에 얼마를 벌어 올 것인지 생각해라." 같은 말을 입에 달고 다녔고, 우리는 싫은 소리를 듣지 않기 위해 한밤중까지 열심히 구글 번역기를 돌렸다.

반면 피해를 볼 이들은 너무 명확했다. 말끔하게 꾸며졌을 다문화 도서실에 내 엉망진창인 목록이 들어가 있다는 건 그곳을 이용할 사람들에 대한 기만이었다. 차라리 컴플레인이 들어오기를 바란 적도 있었다. 도저히 이렇게는 이용할 수 없다고, 이건 말도 안 된다고. 그래서 다시 작업을 하게 되면 속이 좀 더 편해질 것 같았다. 하지만 내가 그 회사를 다니는 내내 그런 일은 단 한 번도 없었다. 그 사실이 마음을 더 무겁게 내리눌렀다. 나는 몇 달을 버티지 못하고 그곳을 도망치듯 그만두었다.

그 이후로, 선의의 내구력을 믿지 않게 되었다. 선의 자체를 부정하는 것은 아니다. 공공도서관에 다문화 도서를 구비해 두자고 처음 제안한 사람의 의도가 선했으리라는 것을 의심하지 않는 것처럼. 다만 그것만으로는 아무것도 달라지지 않는다는 걸 깨달았을 뿐이다.

촘촘하지 못한 골격 사이에서 인간의 선의는 비누 거

품으로 만든 성처럼 쉽게 녹아내렸고, 남는 건 그것이 거기 있었다는 걸 알려 주는 기분 나쁜 미끄러움뿐이었다. 가장 불쾌한 건, 그걸 밟고 미끄러지는 사람들은 오로지 그 선의를 믿고 달려온 이들밖에 없다는 점이다. 그렇게 한 번 기만당한 사람들이 다시 시스템을 신뢰하는 것이, 다른 이의 선한 마음을 믿는 것이 가능할까. 설사 가능하다 치더라도 얼마나 오랜 시간이 걸릴까.

간혹 길을 지나다 그 읽을 수 없는 언어들을 마주치게 되면, 나는 아직도 속이 답답해진다.

그만두어야 할 때

같은 사무실에서 일하는 직원 하나를 미워했었다. 그도 나를 썩 좋아하지는 않는 눈치였다. 사소한 업무 스타일 차이로 사이가 벌어진 것이었는데, 처음엔 일을 못 한다고 툴툴대던 정도였다가 나중에는 그 사람의 숨소리조차 듣기 싫어지는 지경이 되었다.

하지만 동료들에게 밑도 끝도 없이 다른 동료의 험담을 할 수도 없는 노릇이라, 언제나 혼자 끙끙 앓아야 했다. 그러다 화로 머리가 터질 정도가 되면 그제야 그를 알지도 못하는 회사 밖 친구들에게 줄줄 하소연이나 하는 게 고작이었다.

바쁜 회사였다. 빡빡한 일정을 맞추기 위해 매일매일

야근의 행진이 이어졌다. 업무 스트레스만으로도 숨이 막힐 것 같은 날이 많았는데, 거기에 더해 그 안에 있는 사람을 미워하기 시작하니 사무실에 앉아 있는 것 자체가 고통이었다. 답답한 공기에, 앉아만 있어 팅팅 부어 오른 종아리의 감각에 불쑥불쑥 분노가 치밀 때마다 나는 '저놈만 없어도 회사 다닐 맛이 났을 텐데.' 하는 심정으로 그의 뒤통수를 오래 쏘아보곤 했다.

그러던 어느 날, 밤을 새다시피 하며 완성해 온 프로젝트 기획안을 퇴짜맞았다. 여럿이 배석한 회의실에서 그는 내 서류를 들고 문제점을 따박따박 짚었다. 여러 명이 여러 가지 지적을 했고, 그가 말한 것들은 그중 일부일 뿐이었다. 그리고 다른 사람들의 지적과 마찬가지로, 그가 한 평가 중에는 맞는 말도 있었고 납득하지 못할 것도 있었다.

그럼에도 나는 회의실을 나오면서 다른 사람은 다 제끼고 그의 얄미운 뒤통수만 죽어라 노려보고 있었다. 아무렇지 않은 표정으로 제 자리에 돌아가 모니터를 켜는 그의 뒷모습이 그렇게 꼴 보기 싫을 수가 없었다. 잠을 제대로 못 자 몽롱한 머릿속에 애매한 짜증이 뒤섞이면서, 곧 뭉툭하고 울퉁불퉁하지만 단단한 분노가 완성됐다.

아오, 저 뒤통수 그냥 세게 한 대 후려갈겼으면 속이 시원하겠네. 파티션 위로 삐쭉 튀어나온 정수리를 째려보며 속으로 중얼거리다 문득 소스라치게 놀랐다. 어느새 나는 온 힘을 다해 그를 미워하고 있었다. 분명 나와 잘 맞는 사람은 아니었지만 그렇다고 해서 그가 이런 맹목적인 미움까지 받아야 할 이유는 없었는데. 나 역시 천사 같은 사람은 아니었으되 이제껏 누군가를 이렇게 쉽게 증오한 적은 없었다.

표독스럽게 그를 노려보고 있었을 내 눈을 상상하자 몸에 힘이 빠졌다. 그만해야겠다는 생각이 들었다. 그를 미워하게 된 데 그의 잘못이 얼마나 있고 내 탓은 얼마나 큰지를 따져서 나온 결론이 아니었다. 이 상태가 더 길어지면 정말 내가 악한 사람으로 변해 버릴 것 같다는 두려움이 뭉클 치밀어 올라왔기 때문이었다.

얼마 뒤, 나는 사직서를 제출했다.

신기하게도 그 사무실을 벗어나자 폭발할 것 같던 미움은 곧 사그라들었다. 몇 년이 지난 이제는 기억하려 해도 뿌옇게 변한 몇 장면이 드문드문 떠오를 뿐, 그때의 격렬한 감정은 흔적조차 없다.

그럴 때마다 그만두어야 할 때를 잘 찾아냈다고, 내 스스로를 다독거린다. 압박감과 스트레스와 짜증으로 가득한 마음에서는 미움이 무서울 정도로 빨리 자랐다. 아마 그대로 시간을 보냈다면 나는 틀림없이 내가 만들어 낸 증오와 분노에 사로잡혀 몸과 정신을 망가뜨렸거나, 아무에게나 화를 내는 괴물로 변했을 것이다.

그렇기에 지금은, 누군가 미워지려 할 때면 부랴부랴 내가 좋아하는 사람들을 만나 맛있는 것을 먹는다. 즐거운 이야기를 하고 가끔은 가벼운 불평도 한다. 그 정도만으로도 다른 사람에 대한 미움이 부당하게 커지는 걸 어느 정도 막을 수 있다.

그럼에도 마음이 가라앉지 않게 되면, 그때는 다시 망설임 없이 모든 걸 그만두고 그 상황에서 벗어날 것이다. 남을 위해서가 아니라 나를 위해 반드시 필요한 일이다. 마땅히 미움 받을 사람을 미워하는 데도 엄청난 에너지가 들어가는데, 굳이 그 감정을 부풀려 내 스스로를 더 갉아먹을 필요는 없으므로.

청춘이 기를

포기합니다

청춘이기를 포기합니다

대학 시절 영화 〈트레인스포팅Trainspotting, 1996〉을 보고 큰 충격을 받았었다. 무능하고 게으르고 찌질하고 우울하며 비열한, 너무도 '청춘답지 않은' 청춘들이 감히 서사의 중심에 있었기 때문이었다. 심지어 영화가 끝날 때까지 그들 중 아무도 응징을 당하거나 평가받지 않았다. 패기나 유쾌함, 또는 반항심 같은 것을 젊음의 의무로 알고 있던 내게 그 작품의 존재는 일종의 파격이었다.

그날 처음으로 청춘의 가치를 의심했다. 의심하려 들자 이상한 점이 너무 많았다. 모두가 젊음을 특권이라 말했지만 돌이켜 보니 정작 나는 그것을 실감한 적이 없었다. 체력과 의지는 어떤 세대의 전유물이라기보다 개인의 속성에 가까웠고, 경험이 적은 데서 나오는 순진성과 서투름은 '특권'이라 부르기에 좀 빈약해 보였다.

　주변을 둘러봐도 그랬다. 내 또래들의 삶도 근본적으로는 중년이나 노년의 그것과 별다르지 않았다. 모두가 자기 몫의 숙제를 풀며 하루하루를 헤쳐 나갈 뿐, 자신의 나이에 희열을 느끼거나 자부심을 갖는 이들은 드물었다.

　청춘의 가치를 찬미하는 건 오히려 스스로를 기성세대라 칭하는 사람들이었다. 지나 보아야 알 수 있는 무엇이 있다고 했다. 그들 중 누군가는 요즘 젊은이들이 과거의 자신과 같지 않다고 책망했고, 또 다른 누군가는 자신이 젊었을 때 갈망했던 것들을 지금의 젊은이들이 너무 쉽게 흘려보내고 있다고 한탄했다.

　그들이 그렇게 생각하는 건 어쩌면 자연스러운 일이었다. 수십 년의 시간을 살아오는 동안 자잘한 일상들은 걸러지고 큼직한 기쁨이나 슬픔만이 기억에 남았을 테고, 그것들이 더러는 한으로 또 더러는 미담으로 다듬어지며 청춘이라는 환상에 살을 붙였을 것이다. 그걸 단지 어느 집단의 잘못으로 돌리기는 힘들었다. 그 전 세대도 전전 세대도 그래 왔을 테니.

하지만 그 부분을 이해하는 것과 별개로, 그렇게 빚어진 과거의 청춘이 '요즘 것들'을 주눅 들게 한다는 건 분명한 사실이었다. 수많은 찬사와 회한과 자부심과 눈물이 덧발라진 젊음의 규격은 굉장히 견고해서, 우리는 그것에 몸을 맞추거나 아니면 청춘이기를 포기해야 했다. 틀리기를 두려워하지 않는 것이 젊음의 미덕이라 칭송받는 세상에서 젊은이들이 청춘답지 못한 자신을 부끄러워한다는 건 참, 웃을 수 없는 아이러니였다.

그 모든 것을 목격한 순간부터 나는 '젊은이스럽기'를 그만두었다. 의지든 패기든 발랄함이든, 딱 내가 버겁지 않을 만큼만 내놓기로 했다. 타고난 게으름이나 소심함 같은 것들도 더 이상 부끄러워하지 말자고 다짐했다. 젊음은 누군가에게 보답해야 하는 선물이 아니라 삶의 한 구간일 뿐이니까. 모든 나이가 그렇듯.

그것만으로도 마음은 한결 가벼워졌다.

언젠가 배우 윤여정 씨가 "60이 넘어도 인생을 모른다. 나도 67살은 처음이라."라고 말하는 걸 듣고 크게 공감했었다. 맞는 말이다. 매일 매순간이 처음인데 누군들 무섭지 않을 수 있을까. 겁내지 않는 젊음이 있을 수는 있겠지

만 모든 젊음이 용감할 수는 없다. 그럴 필요도 없다. 젊음은 타인의 환상에 복무하는 도구가 아니다.

나는 지금 청춘이 아니라, 내게 주어진 인생의 어느 날을 살고 있다.

시시한 사람이면 어때서

엄마는 언제나 '그저 그런' 인생이 가장 나쁜 거라고 말했다. 할 수 있는 것들에 최선을 다하지 않으면 그렇게 된다고. 해도 안 되는 건 어쩔 수 없지만 가능성이 있는 일들을 붙잡지 않으면 평생을 후회하며 별 볼일 없이 살게 된다고. 그리곤 언제나 덧붙였다. 너는 뭐든지 할 수 있는 애니까, 노력만 하면 돼.

정말 그런 줄 알았다. 최선을 다하면 내 안에 있는 가능성이 응답할 거라고 생각했다. 하지만 엄마의 격려는 부모들이 자식을 보며 가장 흔히 가지는 믿음 중 하나였고, 나는 그 믿음들의 수만큼이나 평범했다. 문제는 내가 평범한 삶을 우습게 생각하기 시작했다는 거였다.

사춘기 이후의 내 삶은 가능성을 확장시켜 나가는 과정이라기보다 안 될 것들을 소거해 가는 시간에 가까웠다. 해를 거듭할수록 할 수 있는 것들이 눈에 띄게 줄어들었고 자신감은 과일 껍데기처럼 속절없이 벗겨져 나갔다. 초조했다. 내가 생각보다 시시한 사람이라는 게 자꾸 드러나고 있었다.

자기 확신이 거의 바닥나 버렸을 즈음에는 노력하는 일조차 겁이 났다. 아무리 노력해도, 실패하고 나면 최선을 다했다는 생각이 들지 않았다. 실패하는 것이 무서웠다기보다, 그 짓을 몇 번 반복하다 보면 엄마가 그토록 싫어하던 별 볼일 없는 인생만 내 앞에 남게 될 것 같다는 생각에 숨이 막혔다.

아무것도 하지 않으면서 입으로 때울 수 있는 건 미래뿐이었다. 일부러 거창한 꿈을 떠들며 잘난 척 그럴싸한 말을 해 댔다. 아예 높은 목표를 잡으니 그걸 달성하지 못해도 나를 탓하는 사람은 없었다. 쉽지 않은 일이니까 마음처럼 안 되는 것이겠거니, 운이 없는 것이려니 하며 다들 말을 아꼈다.

몇몇 친구들은 그럴듯한 용어들과 개똥철학을 버무려

떠드는 내게 감탄했다. 아직도 꿈을 말하는 내가 용감하다고, 부럽다고 했다. 내 꿈이야말로 비겁함의 결정체라는 걸 아는 사람은 나뿐이었다. 심지어 얼마 뒤부터는 나도 그것에 속아 넘어가기 시작했다.

어느 날 문득 정신을 차려 보니 내게 남은 건 아무것도 없었다. 일기장과 단골 술집, 친한 친구들의 옷자락마다 그간 내가 꿈이라고 내뱉어 온 말들이 토사물처럼 널려 있었을 뿐.

끔찍했다. 잠에 취해 정말 아무것도 하지 않는 날들이 늘어갔다. 하지 않았다기보다는 못했다. 눈을 똑바로 뜨고 내 속을 헤쳐 내면, 그때는 내가 그저 그런 사람이라는 걸 꼼짝없이 인정해야 할 것만 같았다. 너무 괴로워서 그냥 세상에서 사라졌으면 싶었다.

이대로는 안되겠다는 생각이 들 때쯤 당장 할 수 있는 일을 찾기 시작했고, 작은 회사에 들어갔다. 마침내, 어린 시절의 내가 그토록 우습게 알던 시시한 회사원이 되고 만 것이다.

출퇴근으로 빡빡하게 채워진 일상은 자기 연민에 빠질 틈도 주지 않았다. 직장을 몇 번 옮겼지만 생활 패턴은 비슷했다. 아침저녁으로 만원 지하철에 시달리고 점심시간에는 돈가스와 칼국수 중 뭘 먹을까 고민하며, 월급 전 주면 가벼워진 지갑을 들고 투덜대는 평범한 월급쟁이의 삶.

일찍 퇴근하는 날이면 또래 동료들과 모여 앉아 술잔을 주고받았다. 영양가 없는 우스갯소리와 자조 섞인 농담이 쏟아지는, 그런 자리였다. 안주 접시를 앞에 두고 다들 자신이 얼마나 게으르고 유치한지, 혹은 어디까지 한심해져 봤는지를 앞다투어 떠들었다. 나 역시 빠지지 않았다. 포장마차 빨간 플라스틱 테이블 앞에 앉아 스스로가 얼마나 못났는지 떠벌리고 있는 내 모습이라니. 십여 년 전의 내가 봤다면 기함했을 일이었다.

그런데 참 희한했다. 내가 시시할 정도로 흔한 사람이라는 걸 내 입으로 이야기하고 나니 오히려 마음이 편안해졌다. 더 이상 애써 무엇이 되려고 안간힘을 쓸 필요가 없고, 굳이 어떤 가능성을 보여 주지 않아도 괜찮았다. 그제야, 내가 진짜 어떤 사람인지 궁금해졌다.

튀어야 한다는 강박을 내려놓자 되레 실체가 더 잘 보였다. 예전에는 대단치 않게 여기고 무시했던, 아주 시시한 일상들에 내 취향과 성격이 가장 짙게 배어 있었으니까. 관

찰해 보니 나는 충동에 약하고 아침잠이 많으며 시끄러운 자리를 싫어하고 겁이 많은 사람이었다. 그런 것들을 하나하나 인정해 가면서, 나는 비로소 내 보잘것없음에 애정을 갖기 시작했다.

그 과정은 지금도 진행 중이고, 나는 여전히 이루고 얻는 것보다 버리고 포기하는 게 더 많은 시시한 삶을 산다. 앞으로 버려야 할 것들이 무수히 많으리라는 것도 안다. 하지만 이제는 그게 예전처럼 무섭지 않다. 조금 시시해지면 뭐 어떻단 말인가. 할 수 없는 것을 하나씩 덜어 낼수록 나는 나를 더욱 선명하게 볼 수 있을 텐데.

서른 살

스무 살이라는 나이가 어른을 만드는 게 아니라는 걸 겪어서 알고 있었으면서도, 서른 살의 인생은 뭔가 다를 거라고 막연히 생각해 왔다.

그럴 수밖에 없었다. 다들 서른 살이 인생의 기점이라고 말했고, 서점에 가면 서른 살을 주제로 한 책이 장르별로 얌전히 깔려 있었으니까. 하다못해 생일 선물을 사려 해도 '계란 한 판'처럼 서른 살을 위한 카테고리가 따로 있었다.

실제로 서른을 앞두었을 즈음에는 주변에서 여러 이야기를 들었다. 누군가는 포기하는 게 늘어난다고 했고 또 다른 사람은 성숙해진다고 했다. 서른이 된 후 한동안 우울증을 앓았다고 말하는 이도 있었다. '여자 나이 서른이면' 따위의 농담 같지 않은 농담도 여러 차례 들었다. 좋은 건지 나쁜 건지는 모르겠지만 어쨌든 삶을 대하는 자세가 크게 달라지기는 하는가 보다. 그렇게 생각했다.

하지만 막상 서른 살을 넘기고 보니 이전과 다른 게 없다. 나이를 한 살 더 먹었다는 데서 오는 중압감은 있었지만 단지 30대가 되었다는 이유로 뭔가를 포기해야겠다는 생각은 들지 않았다. 반대로 눈에 띄게 더 나은 선택을 하지도 않았다. 도대체 다들 왜 그렇게 서른이란 나이에 의미 부여를 했던 건지 잘 이해가 되지 않을 만큼, 정말 아무것도 달라지지 않았다.

딱 한 가지 달라진 것은 있다. 내게 서른 살의 느낌을 가르치려 드는 사람들이 사라졌다는 점이다. 그것만은 아주 마음에 든다.

사과는 친절이 아니다

첫 아르바이트를 시작하고 얼마 지나지 않아 내 입에는 '죄송합니다.'라는 말이 버릇처럼 붙었다. 손님들은 아무것도 아닌 일에 쉽게 화를 냈고, 이유와 상관없이 그 책임은 고스란히 내게 돌아왔다. 내가 일하던 가게의 점장은 서비스 교육을 할 때마다 직원의 친절함은 블랙 컨슈머도 단골손님으로 바꿀 수 있는 거라며, '고객 감동'을 넘어 '고객이 감동해서 졸도하는' 서비스를 제공해야 한다고 몇 번씩 강조했다. 모범 직원들이 소위 진상 손님을 만족시킨 사례를 줄줄이 열거하면서.

그런 상황에서 내가 선택할 수 있는 말은 지극히 적었다. 손님이 조금이라도 화를 내면, 내가 잘못하지 않은 일

이라도 무조건 몇 번이고 잘못했다고 빌었다. 입에 담기 힘든 욕을 들을 때도 있었지만 그것을 참고 고개를 숙이는 것도 내가 제공하는 서비스의 일부라고 생각했다.

그런데 열 개가 넘는 아르바이트를 해 오다가, 문득 뭔가 잘못됐다는 걸 깨달았다. 어느 틈에 나는 친절한 사람이 아니라 지나치게 많이 사과하는 사람이 되어 있었다. 내가 잘못하지 않은 일은 물론이고, 손님이 잘못한 일에도 습관적으로 죄송하다는 말을 뱉는 그런 사람이.

그건 일을 할 때조차 별로 도움이 되지 않았다. 뭔가를 대놓고 요구하지는 못한 채 혼자 투덜거리던 이들은, 내 사과에 별안간 당당해져서 '미안하다면 다냐'며 말도 안 되는 것들을 내놓으라고 소리 질렀다. 내 미안하다는 말이 그들의 요구에 일종의 정당성을 부여한 것 같았다.

그때부터 손님들에게 사과하기를 그만두었다. 내가 실수한 일은 물론 끝까지 사과했지만, 그러지 않아도 된다고 판단하면 그 이유를 몇 번씩 설명했을지언정 미안하다, 죄송하다는 말은 절대 입 밖으로 꺼내지 않았다. 그러자 우습게도, 내게 황당한 요구를 하는 사람들이 오히려 줄었다. 나는 그제야 진심으로 웃으며 손님을 대할 수 있게 됐다.

요즘도 가끔 어떤 가게에 가면, 앳된 직원들이 아무것
도 아닌 일에 '죄송합니다'를 인사말처럼 붙이며 말하는 걸
보게 된다. 예를 들어 행사 기간이 끝났다거나 이 매장에
파는 물건이 아니라거나 하는, 그들의 잘못이 아닌 것들에.
속상하다. 그들이 사과할 필요가 없는 일이고 나도 그런 사
과를 받고 싶지 않다.

　　마음 같아서는 미안하다고 하지 않아도 된다고 말해
주고 싶지만, 결국 늘 그냥 괜찮다고 하며 돌아 나온다. 내
가 사과하지 말라고 하면, 그들이 그 말에 또 사과할 것 같
아서.

그 기억에는 소리가 없다

엄마가 목걸이 열쇠를 처음 걸어 준 건 내가 여덟 살 때였다.

무지개 색의 예쁜 줄에 금빛 집 열쇠가 달랑 매달린 목걸이. 그때까지 대문을 직접 열어 본 일이 거의 없었던 나는 그 목걸이가 마냥 뿌듯했다. 여덟 살짜리에게 갑자기 집 열쇠가 주어졌다는 게 무슨 의미인지, 그때는 짐작도 못했다. 엄마는 그 무렵 보험회사에 취직했다. 아니 취직해야 했다. 당시 어른들의 표현에 의하면 아빠가 사고를 친 탓이라고 했다.

환경이 드라마틱하게 달라지지는 않았다. 아빠의 퇴근 시간이 조금 더 늦어졌고, 엄마의 한숨이 잦아졌으며,

내가 혼자 혹은 동생과 둘이 오후를 보내는 일에 익숙해졌다는 정도의 차이가 생겼을 뿐이다. 목걸이 열쇠를 건 뿌듯함은 일주일도 못 가 사라졌다.

학교를 마치고 집에 오면 상보에 덮인 밥상이 있었다. 혼자 가만히 앉아 밥알을 우물거리는 일이 못 견디게 지루하다는 걸 그때 처음 알았다. 밥을 먹다 이유 없이 서러워지면 가끔 울기도 했다. 그래도 우울하지는 않았다. 동생과 나는 둘 다 너무 어리고, 산만했다. 둘이 싸우고 굴러다니며 놀다 보면 시간은 금방 흘렀다.

지금 그때를 회상해 봐도 딱히 서글프거나 속상한 느낌이 들지는 않는다. 한 가지 이상한 점이 있다면, 그 기억들에는 소리가 없다는 것. 흑백 무성영화 같은 느낌으로 머릿속에 장면 장면만 스쳐 지나갈 뿐, 그때 떠들었던 말도 불렀던 노래도 기억나지 않는다. 이유는 모르겠다. 둘만 있는 집이 유독 조용해서 그렇게 기억하게 된 것인지, 철없는 마음에도 어렴풋이 느꼈던 결핍이 그런 식으로 각인된 것인지.

나중에 알게 된 사실이지만, 아빠는 조금 일찍 사고를 친 것뿐이었다. 내가 초등학교 3학년이 되었을 즈음, IMF

라는 말이 뉴스에 부쩍 자주 나오기 시작하면서 목걸이 열쇠를 걸고 다니는 아이는 우리 반의 절반 이상으로 늘어났다.

전학생도 늘었다. 그때 나는 인천에 살았는데, 이곳은 빚에 밀려난 사람들의 정류장과 같았다. 서울에서 온 아이가 가장 많았고, 어느 날 말없이 지방으로 전학 간 친구도 있었다. 반대로 지방에서 올라와 한 학기도 채우기 전에 다른 동네로 다시 이사 가는 아이도 있었다.

5학년이 되면 부여로 가던 2박 3일짜리 수학여행은 우리가 5학년이 되던 때부터 1박 2일짜리 수련회로 변했다. 그마저 안 가는 애들도 적지 않았다. 내가 다니던 동네 속셈학원은 1년 새 학생이 절반으로 줄었다. 집에서 기다리는 사람도, 갈 곳도 없어진 아이들은 수업이 끝나면 300원짜리 컵 떡볶이를 들고 킬킬대며 해가 지도록 떼 지어 몰려다녔다.

누구도 자기 집이 가난하다고 말하지 않았지만 우리는 모두 알고 있었다. 전부 가난해지고 있다는 걸. 웃고 떠들고 싸우며 겉으로는 아무 문제없는 학교생활을 하면서도 우리는 그렇게 조금씩 궁핍에 익숙해졌다.

20년 가까운 시간이 흐른 지금, 친구들과 만나 그 시절의 이야기를 하면 어느 입에서나 비슷비슷한 사연이 흘러나온다. 엄마가 갑자기 일을 나가고 집 크기가 줄어들고 아빠의 짜증이 늘고 집에서 큰소리가 나고……. 어린 눈으로는 이해할 수 없었던 기억 토막들이 겨우 하나의 이야기로 연결된다.

그때의 부모들과 비슷한 나이에 이른 우리는 이제야 그들의 심정을 조금 이해할 수 있게 됐다. 그들이 겪어 낸 고생을 돌이켜 보면 새삼 경외심이 들지만, 그럼에도 다음 순간 우리의 입에서 나오는 말은 언제나 똑같다.

"야, 나는 애는 못 낳겠다."

부모를 원망하기 때문이 아니다. 우리가 그때를 아이로 살았기 때문이다. 다 함께 어려워졌으므로 위화감은 없었지만 그래도 궁핍은 우리 모두를 어딘가 한 군데씩 부숴 놓았다. 내게는 소리가 사라진 기억이 있고, 어떤 친구는 그때가 아예 잘 기억나지 않는다고 한다. 아직까지도 전화벨 소리가 무서워 휴대폰을 무음으로 해 두고 사는 건 나를 포함해 여러 명이다.

가난에 딸려 오는 것들이 아이의 인생에 어떻게 각인

되는지를 잘 알기 때문에 우리는 섣불리 아이를 낳겠다고 결심할 수가 없다. 세상이 별다르게 나아지지 않은 것처럼, 지금의 우리도 그때의 부모와 크게 다른 삶을 살고 있지 않기에.

언젠가 나이가 조금 더 들어, 아이를 낳고 키우는 일에 대해 또 다른 확신이 들면 누군가와 결혼을 하고 아이를 낳을 수도 있겠지. 하지만 아직까지는 그러고 싶지 않다. 아니 그럴 자신이 없다고 하는 게 맞겠다. 대단한 신념이 있어서도 아니고 거창한 반항심 때문에 하는 말도 아니다.

그저 목걸이 열쇠와 상보 덮인 밥상과 소리가 제거된 기억 같은 것을, 더는 물려주고 싶지 않을 뿐이다.

성실함은 화장실 문 밖에 있다

화장실을 자주 가지 않는 편이다. 일부러 참는 건 아니고, 요의를 잘 느끼지 않는다. 맥주를 잔뜩 마신 사람들이 한 시간 동안 두세 번씩 화장실을 들락거리는 술자리에서도 나는 자리를 비우는 일이 거의 없다. 몸에 좋지 않다는 이야기를 많이 들어 요즘은 의식적으로 한두 시간에 한 번씩 가려고 하지만, 아직도 바쁜 날이면 저녁이 다 되어서야 종일 화장실에 한 번도 가지 않았다는 걸 깨닫곤 한다.

화장실에 가는 빈도가 줄어들기 시작한 건 스무 살 겨울, 편의점에서 아르바이트를 시작하면서부터였다. 혼자 카운터를 봐야 했기에 화장실에 가려면 손님이 없을 때 가게 문을 잠그고 다녀와야 했다. 가끔은 잠긴 문 앞에서 손님들이 기다리고 있었는데, 그중 몇 명은 왜 이렇게 늦게 오냐며 짜증을 냈다. 나이가 지긋한 남자 손님 몇은 간혹 징그러운 웃음을 지으며 오줌 싸는 줄 알았더니 큰 거였냐느니, 시원하냐느니 하는 말을 건넸다. 집에서도 수시로 CCTV를 틀어 놓고 보던 사장은 득달같이 전화를 걸어 손님 많을 시간에는 가게 비우지 말라는 이야기로 못마땅함을 표했다.

몇 번 그런 일이 생긴 후부터 일하는 동안에는 거의 물을 마시지 않았다. 그냥 내가 화장실에 가지 않으면 해결될 일이었다. 딱히 화가 나지는 않았다. 나 혼자 일하는 시간이니까. 사장이 늘 입에 달고 살던 책임감의 일종이라고 생각했다.

다음 아르바이트를 했던 대형 서점에서도 상황은 크게 다르지 않았다. 식사 시간 이외의 휴식 시간이 없는 상황에, 하루에도 수만 명의 손님이 드나드는 매장에서 한쪽 구석에 박혀 있는 직원 화장실까지 갈 짬을 내는 건 쉽지 않았다. 화장실에 가던 길에 책 위치를 문의하는 손님에게 붙잡혀 다시 돌아온 적도 여러 번이었다. 화장실에 가지 말라는 사람은 없었지만, 나는 또 물을 적게 마시는 걸 택했다.

대충 열 가지가 넘는 아르바이트를 했지만 대부분 사정은 비슷했다. 병원, 카페, 마트, 호텔, 드럭스토어……. 화장실을 덜 가면 일하는 게 훨씬 수월했다. 고문당하듯 괴롭게 참지는 않았지만 나는 차츰차츰 화장실 가는 빈도를 줄였고 곧 그것에 적응했다. 물만 안 마시면 열 시간이 넘도록 요의를 느끼지 않았다. 자주 방광염에 걸렸다. 하지만 그것이 이상하다는 생각은 하지 않았다.

대학을 졸업한 후 한 언론사에서 잠시 인턴을 했다. 광역버스 기사들의 열악한 근무 실태를 취재하겠다는 기획을 내고 버스 차고지로 취재를 나갔다. 예상대로 회사는 악질이었다. 한여름의 햇빛을 그대로 흡수하는 컨테이너 휴게실이 보여 주듯, 기사들의 근무환경은 형편없었다. 열심히 묻고 받아 적는 내 앞에서 회사의 만행을 성토하던 중년의 기사 한 사람이 이런 말을 했다.

"노선 한 바퀴 돌면 대여섯 시간이 되는데, 가끔은 배차 간격 늦어졌다고 차에서 내리지도 못하게 하고 두 바퀴를 돌려요. 열 시간을 화장실도 못 가고 차 안에 갇혀 있는 거야. 가끔 과속하는 기사들 있죠? 그거 아마 화장실이 급해서 그럴 거예요."

세상에 너무하네요, 같은 추임새를 넣으며 그들의 분노에 공감하다가 문득 기시감인지 위화감인지 모를 감정이 들었다. 나는 그들과 얼마나 다른가. 이제껏 화장실에 가는 걸 참아 오며 지켜진 건 정말 내 책임감이었을까. 아니, 애초에 그게 책임감의 영역이 맞는 건가. 머릿속의 어느 부분에 균열이 생기는 기분이 들었다.

그로부터 얼마 지나지 않아 TV 프로그램 하나를 봤다. 한 분야에 뛰어난 숙련도를 보이는 이들을 '달인'이라는 이름으로 소개하는 프로그램이었는데, 그날 나온 사람은 고속도로 요금 정산소 직원이었다. 동전을 쥐기만 해도 액수를 맞히고 돈을 셀 필요도 없이 정확하게 정리하는 모습은 '달인'이라는 찬사를 받기에 충분해 보였다. 그런데 제작진이 별안간 '화장실 오래 참기'를 그의 숨겨진 장기 중 하나로 소개했다. 하루 종일 정신없이 일하다 보니 용변을 참는 시간도 남들에 비해 압도적으로 길다는 거였다.

이윽고 사실 검증을 위한 영상이 나왔다. 빨리감기로 돌아가는 화면 속에서 비교군에 속한 사람들은 수시로 화장실에 드나들었지만 '달인'은 한 번도 자리를 비우지 않았다. TV애서는 그의 흔들림 없는 모습에 감탄하는 나레이션이 흘러나왔다. 방송은 그가 꽃다발과 '달인'임을 인증하는 무슨 증표를 받고 환하게 웃는 모습으로 끝났다. 거기에 성실, 책임감 같은 것을 칭찬하는 자막이 덧입혀졌던 것 같다.

이루 말할 수 없는 불쾌감 속에서, 버스 기사들과 이야기하며 어렴풋이 들었던 생각이 좀 더 명확해졌다. 이건 착취였다. 그 착취에 성실함이나 책임 따위의 이름을 붙이는 건 특히 질 나쁜 기만이었다. 똥오줌을 열 시간씩 참는 것에 도대체 무슨 가치가 있다는 말인가.

다행히도 이제는 화장실에 마음 편히 갈 수 있는 직장에서 일하고 있지만, 아직 그때의 습관이 남아 있다는 걸 깨달을 때마다 여전히 하루종일 물을 마시지 않고 화장실에 가지 않으며 일하고 있을 '성실한 사람들'에 대해 생각한다. 그들은 그것에 화를 낼까, 아니면 예전의 나처럼 적응해가고 있을까.

그나마 '똥오줌을 참으며 일한다'는 사실을 인식할 수 있었던 건 그것이 똥오줌이기 때문일 것이다. 사람인 이상 영원히는 참을 수 없는 것이기 때문에. 그렇다면 영원히 참아도 죽지 않는 것들, 참다 보면 그것이 있었는지도 잊어버리게 되는 의지와 욕구들은 어떨까. 화장실도 제대로 못 가는 일터에서 소리없이 삭제되는 인간성은 얼마나 될까. 생각이 거기에 이를 때마다 눈앞이 아찔해진다. 나는, 우리는 지금까지 무엇을 얼마만큼 잃었을까.

시간의 농도

대학교 3학년 여름, 운 좋게 괜찮은 아르바이트 자리를 몇 개 구해 평일 주말 가리지 않고 일했더니 방학이 끝날 즈음 한 학기 등록금을 낼 수 있을 만한 목돈이 생겼다. 다음 학기에 쓸 요량으로 일단 그 돈을 통장에 넣어 둔 채 새 학기를 시작했는데, 학교에 몇 주 다니다 보니 스멀스멀 다른 생각이 들었다.

긴 여행을 가 보고 싶었다. 혼자 하루 이틀 정도의 국내 여행은 몇 번 다녀왔었지만 일주일 넘게 집을 떠나 본 일은 없었다. 대학을 졸업하고 나면 길게 시간을 내어 다니는 게 더 어렵다던데. 지금 가지 않으면 첫 여행까지 또 한참을 기다려야 할 것 같은 막연한 예감이 들었다. 하루에도 몇 번씩 여행 정보 커뮤니티에 접속해 이런저런 자료를 찾아보곤 했다.

하지만 그러다 보면 언제나 죄책감 비슷한 감정이 따라붙었다. 이미 학자금에 생활비 대출을 두 번이나 받은 터였다. 지금 이 돈을 쓰면 다음 학기에 세 번째 대출을 받아야 했다. 남들은 빚이 무서워 아르바이트를 몇 개씩 하고 장학금을 받아 가며 등록금을 충당한다는데 있는 빚도 못 갚은 주제에 겨우 생긴 목돈으로 여행이라니. 내가 너무 철없고 속 편하게 굴고 있는 건가, 하는 데까지 생각이 이르면 부끄러운 일이라도 들킨 것처럼 허겁지겁 마음을 구겨 넣었다.

그렇게 오락가락하며 한 달여를 흘려보냈다. 완전히 결정을 내리지는 못했지만, 시간이 지날수록 그 돈을 등록금이나 다음 학기 생활비로 써야겠다는 데 마음이 기울고 있었다. 그러고 싶었다기보다는 그래야 할 것 같았다.

전공실에서 수업을 듣던 그날도 나는 불쑥 솟아오른 변덕을 다독이고 있었다. 가을 햇빛이 나른하게 들어오던 오후 수업이었다. 후텁지근한 공기와 오래된 책의 매캐한 냄새가 뒤섞여 코를 간지럽혔다. 책을 줄줄 읽는 교수님의

단조로운 목소리는 어서 딴 생각을 하라고 재촉하는 것 같았다.

꾸벅꾸벅 졸고 있는 동기들 틈에서 나는 자신을 열심히 설득했다. 내년에는 졸업반인데 또 아르바이트 해 가면서 취업 준비를 할 수는 없잖아, 여행은 취업한 다음 월급 받으면 그때 가자. 이유 없이 치솟아 오르는 짜증을 참으며 애써 수업 자료를 띄운 모니터에 시선을 꽂았다. 물론 그런다고 해서 수업 내용이 귀에 들어오지는 않았다.

그때였다. 문득 머릿속에 현재의 내 모습을 누가 사진으로 찍은 듯한 이미지가 떠올랐다. 지금 내 모습은 어떻게 보일까. 지루하고 조금 서러운 표정으로 듣지도 않는 수업을 참아 내고 있는 나의 이 시간은, 몇 년 후에 어떻게 기억될까. 아니 기억되긴 할까. 아마 그저 그런 하루들 중 하나로 묶여 이런 날이 있었다는 것조차 떠올리지 못한 채 사라지겠지.

이건 시간의 농도에 관한 문제였다. 지금 가진 돈으로 다음 학기 등록금을 낸다면 나는 조금 더 마음 편히 학교에 다닐 수 있었다. 졸업하고 나면 딱 그 금액만큼의 부담이 덜어질 테고. 그러나 그 돈의 무게는 학교에 다니는 시간만큼 잘게 나뉘어 희석될 것이었다. '아르바이트로 한 학기 등록금을 벌었다'는 것 외에 딱히 다른 기억은 남지 않겠지.

시끄럽던 머릿속이 차분해졌다. 나는 그 자리에서 항공권 예매 사이트를 켜고 이스탄불행 비행기를 예약했다. 어차피 같은 돈이라면, 무언가 조금 더 진하고 단단하게 뭉쳐진 기억을 남기고 싶었다. 적어도 그때의 내게는 그런 것이 꼭 필요했다.

그 결정은 내 인생의 가장 잘한 선택 중 하나가 됐다. 그래 봤자 한 달 남짓한 배낭여행이었기에 대단한 교훈을 얻어온 건 아니었지만, 어쨌든 그 기억은 삶에 확실히 묵직한 흔적을 남겼다. 그리고 그 농도 짙은 시간을 돌이켜 보는 즐거움에는 분명히 여행 경비 이상의 가치가 있었다.

이때의 경험은 이후 돈과 시간을 두고 뭔가를 결정할 일이 생길 때마다 중요한 기준점으로 작용했다. 어떤 시간을 보낼 것인가. 지금 내게는 얼마나 짙은, 혹은 얼마나 옅은 기억이 필요한 걸까. 그것을 생각해 결정하는 것만으로도 후회는 훨씬 줄어들었다.

원래 다 그런 거야

스무 살 여름, 첫 아르바이트를 했다. 실업계(지금은 전문계라 부르지만 그때는 실업계 고등학교라 불렀다.) 고교생 입시 전문 학원의 접수 데스크를 맡는 일이었다. 구인 사이트에 떴던 공고 내용대로라면 그랬다. 내 면접을 본 직원은 업무를 설명하면서 내가 간혹 전화를 받거나 걸 일이 있으며, 급여는 인센티브제로 지급한다고 말했다.

지금이라면 뭔가 이상하다고 생각했겠지만 일이라는 걸 처음 해보는 그때는 다 그런가 보다 했다. 나오라는 말을 듣고 처음으로 출근한 날, 나는 접수 데스크가 아니라 안쪽의 작은 방으로 이끌려 들어갔다. 그 안에는 내 또래의 여자애 두 명이 눈동자를 굴리며 앉아 있었다.

그 둘과 내가 실제로 해야 했던 일은 소위 '아웃바운드 콜', 그러니까 학생들에게 전화를 걸어 학원에 다니라고 설득하는 일종의 영업이었다. 선명하게 기억난다. 한여름 햇빛조차 뿌옇게 들어오던, 먼지 냄새가 풀풀 나는 작은 방에 책상 여섯 개가 비좁게 놓여 있던 모습이.

한쪽 구석에 놓인 조금 큰 책상은 영업 실장의 자리, 또 다른 쪽 모서리를 차지한 책상은 얼굴이 유별나게 흰 남자 대리의 자리였다. 나머지 네 개의 책상은 컴퓨터 한 대조차 없이 마주본 채 붙어 있었는데, 그중 세 자리에 파일 하나와 전화기 한 대씩이 덩그러니 놓여 있었다. 그게 우리 셋의 자리였다.

파일을 열자 한쪽에는 지역 실업계 고교 학생들의 연락처가 가득 적힌 종이 뭉치가 들어 있었고 다른 한쪽에는 '업무 일지'라는 이름의 조잡한 표가 또 한 무더기 끼워져 있었다. 업무 설명은 자리에 놓인 것들만큼 간단했다.

첫째, 목록의 연락처에 전화를 걸어 학원에 다니라고 구슬려라. 둘째, 일이 끝나면 업무 일지에 '성공 몇 콜(전화수), 유력 몇 콜(조금 더 꼬시면 될 것 같다 싶은 건이 유력에 속했다)'를 적어 두고 퇴근하면 된다. 셋째, 학생들에게 '학원에 오면 뭘 해 준다'는 류의 약속을 하지 말아라. 실제로 그 말을 듣고 찾아오면 낭패를 보니까.

설명을 듣고 자리에 앉았지만 셋 다 뭘 어떻게 해야 할지 몰라 눈만 껌벅거렸다. 비어 있는 내 옆 자리는 임자가 있다는 걸 몸부림치며 증명하듯 모조리 핑크색으로 도배되어 있었다. 번들거리는 가짜 진주 구슬이 달린 핑크 거울, 핑크색 필통과 쿠션, 연한 핑크색의 담요와 인형이 달린 핫핑크 볼펜……. 대체 이런 자리에는 누가 앉을까 생각하던 찰나 내 또래 여자가 하나 방으로 들어왔다.

검은색 민소매 셔츠와 검은 핫팬츠를 입은 그녀는 표정 없는 얼굴로 우리를 힐끗 보더니 그 요란한 자리에 앉았다. 그러고는 곧바로 핑크색 덮개가 둘러진 전화기를 들어 버튼을 빠르게 눌렀다. 그리고는,

"어~ ○○야, 오랜만이야! 우리 ○○이 요즘 뭐해? 누나 안 보고 싶어? 학원 또 나와야지!"

같은 말을 속사포처럼 쏟아냈다. 무심한 얼굴과는 반대로 굉장히 상냥하고 나긋한 목소리로. 그녀가 한 차례의 통화를 끝내고 수화기를 내려놓았을 때 나는 나도 모르게, 아직 인사도 나누지 않은 그녀에게 물었다.

"아는 애예요?"

그녀는 또 무표정한 눈빛으로 나를 힐끗 보고 이내 전화기로 시선을 돌리며 짧게 답했다.

"아뇨. 원래 다 이렇게 하는 건데."

그 말은 일종의 예고편 같은 거였다. 그곳에는 '원래 다 그런' 게 너무 많았다. 학생들은 친구를 학원에 등록시키면 주는 문화상품권 3만 원을 받기 위해 끊임없이 누군가를 끌고 왔다. 그렇게 들어온 학생들은 몇 달을 채 버티지 못했지만, 상관없었다. 어차피 원래 그런 거고, 그 아이들은 나가기 전에 또 다른 친구를 데려오니까.

드나드는 학생들은 많았지만 정작 수업시간이 되면 강의실은 텅텅 비어 있었다. 학생이 있거나 말거나 강사들은 느릿느릿한 목소리로 수업을 진행하다 시간이 다 되면 뒤도 돌아보지 않고 나왔다. 그것도 원래 다 그런 거였다. 아무도 그걸 이상하게 생각하지 않았다.

전화를 걸 때도 그 통화를 어색하게 생각하는 건 나 혼자였다. 정작 전화를 받는 학생들은 태연했다. 수십 군데의 학원에서 걸려오는 전화를 질리게 받았기 때문일 터였다. 내가 뭐라고 말도 꺼내기 전에 '누나 보고 싶다'며 능글

거리는 남학생들의 목소리에 놀라 그냥 전화를 끊기 여러 번. 그런 나를 보며 실장은 "애들이 원래 다 장난이 심해 그러는 건데 그거 하나 못 받아 치면 콜 따오기는 틀렸다"며 혀를 찼다.

하루는 대리가 우리 알바 셋을 앉혀 놓고 일할 때 쓸 가명을 정해 보라고 했다. 전화 돌리는 일은 그렇게 하는 게 편하다며. 우리는 깔깔대고 웃으면서 싫다고 했다. 가명이라니. 그러자 그는 우리를 이해할 수 없다는 표정으로 쳐다보며 본인도 가명을 쓰고 있다고 말했다. 자세히 밝히지는 않겠지만, 당시 그의 이름은 얼굴이 유별나게 흰 그와 아주 잘 어울렸다. 그런데 믿지 못하는 우리에게 그가 신분증까지 꺼내주며 밝힌 본명은 가명과 정반대의 이미지였다. 우리는 또 한 번 배를 잡고 웃었고, 귀까지 빨개진 그는 '다 이렇게 한다'는 말을 변명처럼 늘어났다.

나는 2주가 지나도록 콜을 하나도 따오지 못했다. 물론 나만 그런 건 아니었다. 슬슬 실장의 잔소리가 늘어 갔다. 그는 우리가 전화를 걸 때마다 유심히 보고 있다가 수화기를 내려놓기 무섭게 무엇이 잘못되었는지를 줄줄 읊어 댔다. 한번은 내가 이미 그 학원을 다닌 적이 있는 학생에게 전화를 건 일이 있었다. 물론 모르고 건 거였다. 다시 학원에 나오는 건 어떠니? 나름대로 상냥한 목소리로 던진 질문에 뜻밖의 답이 돌아왔다.

"그 학원 영어 선생님, 영어로 다람쥐가 뭔지 몰라요."

"응?"

"영어 선생님이, 영어로 다람쥐라는 단어를 쓸 줄 모른다고요."

더 할 말이 없었다. 내 얼굴이 다 뜨거웠다. 미안해, 어쩌고 하는 말을 하면서 도망치듯 전화를 끊어 버렸다. 내 꼴을 처음부터 보고 있었던 실장에게서 즉각 왜 그러냐는 물음이 날아왔다. 내가 방금의 통화 내용을 이야기하자 그는 두 번 생각도 안 하고 아주 간단하게 대꾸했다.

"에휴, 그럼 이제는 쓸 줄 안다고 했어야지!"

또, 그 빌어먹을 놈의 원래 다 그렇게 하는 거라는 얘기였다.

학원 사람들의 행동에 염증을 느낀다고 해서 내가 학생들과 특별히 친한 건 아니었다. 내가 그렇게 생각해서인지는 모르겠으나 그 애들은 항상 학원 사람들을 어딘가 깔보는 듯한 눈으로 바라봤는데 그게 너무 불편했다. 믿거나 싫다기보다 무서웠고, 그 안에는 실체를 알 수 없는 죄책감 같은 것이 많은 비중을 차지했다. 나도 너희를 속이고 있구나, 하는. 나는 채 한 달을 채우지 못하고 그곳을 그만두었다.

그 후 몇 년 간 내가 그 학원에서 일했던 때의 얘기는 나와 내 친구들이 술자리에서 즐겨 찾는 안줏거리였다. 직원들의 말도 안 되는 거짓말을 되새길 때마다 폭소가 터졌다. 몇 번 그리고 나서는 한동안 이 기억을 잊고 살았다.

그런데 얼마 전, 직장 동료와 저녁을 먹다 오랜만에 그 얘기가 나왔다. 여전히 웃겼다. 그런데 집에 가는 길에 뒷맛이 영 좋지 않았다. 문득 누군가에게는 이게 코미디가 아닐 수 있겠다는 생각이 든 탓이었다.

'실업계 고교 입시 전문 학원'이라는 모순적인 말. 세상이 그 학생들을 보는 시각은 딱 그쯤에 머물러 있었다. 어떤 사람은 싸구려 연민을 던지고 또 다른 사람은 돈 몇 푼을 벌기 위해 학생들을 이용하지만, 그 둘의 밑바닥에 깔린 생각은 동일했다.

누군가는 나 역시 그들을 어설프게 동정하는 게 아니냐고 물을 수도 있겠지만, 그런 건 아니다. 나는 그 학생들을 굳이 하나의 카테고리로 묶어 바라봐야 할 이유를 찾지 못했다. 다만 이 글을 적어 두는 건 그들의 사춘기가 어떻게 난도질당했는지, 그 과정을 기록해 둘 필요성을 느꼈기 때문이다.

　나중에 들었지만, 그 핑크색으로 뒤덮인 자리에 앉았던 알바생은 그 학원 출신 학생이라고 했다. 그녀도 학교에 다닐 때는 그 말도 안 되는 전화들을 받았겠지. 그리고 졸업하고 나서는 전화기 앞으로 자리를 바꿔 또 다른 학생들에게 전화를 걸고……. 그 뒤로 몇 명이 또 같은 길을 밟았을지는 모를 일이다. 그때 학생들이 직원들을 깔보는 듯 느껴졌던 건 내 착각만이 아니었을 것 같다.

　아직 그 학원은 그 자리에 있을까. 다음에 근처를 지날 일이 있다면 눈여겨봐야겠다. 없어졌다면, 그러면 조금은 마음이 편해질지도 모르겠다. 얄팍한 생각이라는 건 알지만 그럴 것 같다.

언제든 퇴사할 수 있는 몸

직장 생활 3년 만에 학자금 대출을 다 갚았을 때, 가장 기뻤던 점 중 하나는 언제든 퇴사할 수 있게 되었다는 거였다.

당장 회사를 그만두겠다는 이야기는 아니었다. 실제로 그러지도 않았고. 당시 다니던 회사의 근무 환경은 굉장히 만족스러웠으므로 누가 나가라고 하기 전까지는 나갈 생각이 없었다. 단지 좀 더 홀가분해졌을 뿐이었다. 회사와 잘 맞지 않을 때나 조직에서 내가 필요 없는 존재가 되었을 때, 혹은 정말 쉬고 싶을 때 퇴사라는 최후의 선택을 할 자유를 얻었다는 것에.

처음 대출을 받던 날 웹사이트에서 본 화면이 아직도

기억에 선명하다. 거치 기간 5년에 상환기간 5년. 상환 일
정표에는 10년 간 내가 내야 할 이자와 원금이 빼곡히 적혀
있었다. 남은 학기가 거듭될수록 그 금액은 계속 불어날 터
였다. 시중 은행 대출에 비해 훨씬 좋은 조건이라는 건 알
고 있었다. 등록금이 없어 대학을 포기해야 했던 내 윗세대
에 비하면 운이 좋은 편이라는 것도 잘 알고 있었다.

다만…… 그 모든 것을 알고 있다고 해도 앞으로 10년
간 내가 저 돈을 갚아 나가야 한다는 사실은 변하지 않으
니까. 엄마 아빠가 10년 넘게 빚에 시달리는 걸 봐 왔으면서
도, 나는 그제야 빚을 진다는 게 얼마나 큰일인지 실감했다.

누군가 내 뒤에서 10년짜리 타이머를 누른 것 같았다.
생활비는 줄일 수 있었지만 상환금은 내가 멋대로 줄일 수
있는 게 아니었다. 알바를 하든, 취직을 하든 항상 일정한
수입이 있어야 했다. 취업이 늦어지고 원금 상환 기간이 다
가오면서부터 부담감은 더 정교해졌다. 무슨 일이 있어도,
최소한 옮겨 갈 곳을 정하기 전까지는 그만둘 수 없다는 압
박감에 짓눌리자 아주 일상적인 스트레스도 비참하게만
느껴졌다. 나는 더 비굴해지고 소심해졌다. 지옥이라서 도
망칠 수 없는 것이 아니라, 도망칠 수 없다는 생각이 지옥

을 만든다는 걸 그때 처음 깨달았다.

그렇기에 '상환율 100%'가 찍힌 화면은 내게 일종의 탈출구였다. 힘들면 잠시 쉬어갈 수 있다는 선택지는 그 틈으로 새어드는 빛이었고, 그 빛을 받은 나는 비로소 언제든 퇴사할 수 있는 몸으로 거듭난 셈이었다.

우습게도 그 후 내 직장 생활은 훨씬 활기차졌다. 좀 더 과감하게 제안했고 때로는 다른 일을 벌이는 데 앞장서기도 했다. 해야 하는 일이 아니라 하고 싶어서 하는 일이었으므로, 업무에서 오는 스트레스도 훨씬 가볍게 털어 낼 수 있었다.

사람 참, 아니 나는 참 별것 아니구나. 쓰게 웃다가 결혼한 친구들이 신혼집을 20년 대출로 구했다느니 30년 대출로 구했다느니 하는 말을 들으면 문득 다시 암담해진다. 겨우 10년짜리 빚에도 이토록 쪼그라드는 보잘것없는 내가, 과연 30년짜리 빚에 주눅 들지 않고 그 긴 시간을 버텨 낼 수 있을까. 아니면 다들 티를 내지 않을 뿐, 원래 모든 어른들이 다 그렇게 사는 걸까.

내가 많은 것을 포기하는 한이 있더라도 전자였으면 좋겠다. 나만 못나서 그런 생각을 해 온 거라면 차라리 마

음이 편할 것 같다. 다들 무서운 걸, 도망가고 싶은 걸 참고 있는 거라면 그건 너무 슬플 것 같아서.

아무것도 아닌

소위 '긴 대학'이라 불리는 학교를 나왔다. '명문대'라 자부하기도, '지잡대'라 자조하기에도 애매한, 오티나 엠티에 가면 가끔 만취한 몇몇이 "내가 수능을 망쳐서" 혹은 "고3때 공부를 놔 버려서"로 시작되는 한탄인지 자기 변명인지 모를 것들을 토해 놓는 그런 대학이었다.

학교 생활을 나름대로 착실히 했음에도 학벌 컴플렉스는 꽤 오랜 시간 내 뒤꽁무니를 따라다녔다. 유독 문턱이 높은 신문 기자를 꿈꿨기에 더 그러했다. 채 시험 준비를 하기도 전부터 어떤 신문사는 어느 학교 아래로는 서류도 안 붙여 준다더라, 누구는 모든 스펙을 다 갖추고도 학벌 때문에 면접 한번 못 봤다더라 등등의 소문 아닌 소문을 먼저 들었다. 그것이 어디까지 사실인지는 알려 해도 알 수 없었다. 내가 아는 건 그런 이야기가 공공연하게 퍼져 있다는 것뿐이었다.

그러다 보니 좋은 기사를 봐도 그 필력의 비결보다 그걸 쓴 기자가 어느 학교 출신인지를 먼저 찾아보게 되었다. 명문대를 나온 원로 기자들이 기자로서의 사명감과 자부심을 이야기해 줄 때보다 나와 같은 학교, 혹은 비슷한 성적대의 학교를 졸업한 수습기자를 만났을 때 더 가슴 설레었다. 기자가 된 내 모습을 보다 또렷하게 상상할 수 있는 건 후자의 경우였으니까.

내게 꿈은 도전의 영역이기 이전에 가능성의 문제였고, 현직 기자들의 학벌은 내 주제로 품을 수 있는 꿈의 용량을 잴 가늠자였다.

그 사이 내가 지원했다 떨어졌거나 원서조차 써 보지 못한 대학들은 마음 속에서 주우우욱 하고 한없이 높이 올라가 감히 손 대지 못할 무엇이 되어버렸다. 신촌, 2호선, 대학로. 별것 아닌 지명과 단어들을 들을 때마다 볼 안쪽을 씹은 것처럼 허둥대며 움찔거렸다. 스스로도 못났다는 걸 알고 있지만 어쩔 수 없었다.

자격지심은 잡초처럼 빠르고 보기 싫게 자랐다. 좋은 학교에 다니는 친구들을 만나고 돌아오는 날이면 늦게까지 잠을 이루지 못했다. 대학생의 일상이야 다 고만고만한 것임에도, 그들의 학교 생활은 뭔가 특별해 보였다. 내가 평생 고민해야 할 것들을, 이 애들은 그런 부분이 있다는 사실조차 모른 채 지나가겠지. 말 그대로 열등감이었으나, 당시의 나는 그 생각에 가득 차 있었다.

그런 감정을 밖으로는 드러내지 않으려 애썼다. 남들 앞에서는 학벌이라는 게 전혀 걸림돌이 되지 않는 양, 아니 학교 이름이 아예 보이지 않는 양 행동했다. 아이러니하게도 자격지심이 너무 강했던 탓이다. 스스로 보기에도 역한 내 못남을 남들에게까지 들키고 싶지는 않았으니까. 명문대를 다니는 주변인들과 그렇게 '동등한' 상태에서 대화를 나누다 보면 종종 듣는 말이 있었다.

"중고딩 때나 대학 대단한 줄 알았지, 막상 들어와 보니 여기도 사람 사는 데고 다 똑같잖아. 정말 아무것도 아닌데."

하하 웃으며 맞장구를 쳤지만 그때마다 가슴에 칼이 하나씩 박혔다. 그들이 말하는 대학과 내가 말하는 대학은 달랐다. 최소한 내게는 그랬다. 내게는 여전히 그들의 대학이 닿을 수 없는 미지의 세계였고, 대단한 무엇이었다. 그들이 다 졸업해 떠난 고등학교 교실에 나만 혼자 남아 있는 기분이었다.

그중에서도 가장 힘든 건, 이 말을 던진 이들이 진심으로 나를 동류라 여기고 있을 때였다. 그들의 악의 없는 태도 앞에서 내 꼬인 심사는 더 두드러지게 못나 보였다. 난 너희와 달라. 너희와 달라. 겉으로는 아무 말도 못한 채, 속으로 내 못남을 확인하고 들여다보며 자괴하는 나날이 이어졌다.

더는 견딜 수 없었다. 나는 편입을 준비하기로 마음먹고 휴학을 신청했다.

편입 학원비를 벌기 위해 일을 시작했다. 내 또래들이 대부분인, 흔한 매장 서비스 업무였다. 조금 다른 점이 있다면 시급을 받는 파트타임 근무가 아니라 정식으로 계약서를 쓰고 월급을 받는 풀타임 근무다 보니, 그 일을 아르바이트로 여기는 사람보다 업으로 삼는 사람이 더 많았다는 것 정도였다.

나는 그 안에서 몇 안 되는 '대학생' 중 하나였다. 그것만으로도 조금 다른 시선을 받았다. 어딘가 돌아갈 곳이 정해져 있는 사람이라는 게 생각보다 크게 작용하는 듯 보였다. 대학을 가지 않은 또래 동료 몇몇(물론 그걸 신경 쓰지 않는 사람 역시 많았지만)은 그 차이를 유독 크게 느끼는 것 같았다.

자신이 돈을 벌어야 해서 대학 진학 대신 일을 시작했다는 동갑내기 동료는 일을 하며 받는 모든 부당한 대우를 '고졸'인 자신이 받아들여야 하는 천형인 것처럼 여겼다. 미리 정해진 자신의 몫이 딱 그만큼인 양.

대신 그 친구는 몇 년 뒤든 반드시 대학을 갈 거라고 했다. 그 애에게 대학은 이상향이었다. 언젠가 더 나은 몫을 받아들 수 있을 거라는 희망이었다. 반면 현실의 자신은 대학생보다 어딘가 부족하기 때문에, 같은 일을 하더라도 어느 정도 손해를 보는 게 당연하다고 생각했다.

그러지 않아도 된다고 말해 주고 싶었다. 세상이 잘못된 것뿐, 대학을 나오고 나오지 않고가 인간으로서의 가치를 결정하는 건 절대 아니라고, 그것에 갇혀 네가 당연히 받아야 할 대접조차 포기할 필요는 없다고 이야기하고 싶었다.

어느 날인가 퇴근 후 함께 술을 한잔 하던 중 또 대학에 대한 환상을 이야기하는 그 애에게 대학도 별것 없다는 말을 꺼낼 뻔했다. 말이 목구멍까지 치밀었을 때 아차 싶었다.

주제넘은 짓이었다. 닿지 못한 이름들이 주는 통증을 이기지 못하고 끝내 '명문대'에 발을 디뎌 보겠다며 휴학까지 한 내가, 감히 누구의 소망에 대고 해보니 아무것도 아니더라는 말을 할 수 있을까. 말을 삼킨 게 다행이었다. 내 뱉었다면 친구는 1년 전의 내가 그랬듯 또 한 번 상처받았을 것이 틀림없었다.

'아무것도 아니다'는 말이 무기가 될 수 있다는 걸 그 즈음부터 어렴풋이 알아채기 시작했다. 그건 내가 맞을 수도 있지만 반대로 다른 사람에게 휘두를 수도 있는 주먹이었고, 악의는 없지만 그래서 얻어맞으면 더 아픈 폭력이었다.

편입에는 실패했다. 나는 낀 대학으로 다시 돌아와야 했고, 한동안 죽고 싶을 만큼 힘든 시간을 보냈다. 하지만 그 괴로움은 더 열심히 하지 못했다는 자책과 시간을 낭비했다는 허무함에서 비롯된 것이었지, 예전처럼 컴플렉스에

찌든 감정은 아니었다.

　별안간 낙관주의자로 돌변해서 학벌은 허상이고 내 능력이 무엇보다 중요하다는 무지갯빛 희망을 품게 된 건 아니었다. 내 상처가, 단지 학교 간판을 바꾸는 일만으로는 사라지지 않을 거라는 사실을 깨달았기 때문이었다.

　내가 올라갈 수 있는 가장 높은 곳으로 올라가도 언제나 그 위는 존재할 것이었다. 그러면 나는 또 고개를 한껏 쳐든 채 내가 가지 못한 세계를 꿈꿀 테고, 내게는 환상인 세계가 그 안에 있는 이들에겐 너무나도 일상적임에 다시 상처받을 게 분명했다. 그러니 한 번 놓쳐 버린 것을 잡겠다고 마냥 위를 올려다보며 기다리고 앉아있기보다 빨리 다른 길을 찾아보는 것이 나았다. 조금 천천히 가더라도 덜 괴로워하며 갈 수 있는 길을. 물론 이것도 정답이 아닐 수는 있겠지만.

　다만 어디서 무엇을 하더라도 이것만은 기억하기로 했다. 내가 다른 사람들의 일상을 동경하듯 내 일상을 꿈처럼 바라보는 이들도 있으리란 것과, 내가 생각 없이 내뱉는 '그거 아무것도 아니야'라는 말에 상처받을 사람들이 분명히 있다는 사실.

이유는 하나뿐이다. 최소한 내가 받은 상처를 다른 사람에게 똑같이 돌려주는 짓만은 하고 싶지 않아서. 이렇게 못난 나라도, 그리고 앞으로 더 못나고 찌질해지더라도, 그렇게 잔인한 사람만은 되고 싶지 않아서다.

박완서처럼 늙고 싶다

가장 좋아하는 작가가 누구냐 물으면 언제나 박완서, 라고 대답한다. 중학생 때였나 고등학생 때였나, 『엄마의 말뚝』을 처음 읽은 후 그의 소설이란 소설은 모조리 찾아 읽었다. 『미망』이나 『꿈꾸는 인큐베이터』 같은 작품은 열 번도 넘게 읽었던 것 같다.

나를 매료시킨 건 스토리보다 그 안에 담긴 시선이었다. 그는 언제나 소설 속의 시선을 풍경과 관계가 아닌 인물 각자의 내면으로 돌렸다. 예쁘지는 않았다. 변덕스럽고 뒤틀리고 비뚤어진 생각들이 종이 위에 여과 없이 까맣게 박혀 있었다.

그 활자들은 감기지 않는 눈동자처럼 읽는 사람을 빤

히 바라봤다. 그래서 읽다 보면 마음이 자주 불편해졌다. 민망할 정도로 세밀하게 묘사된 감정들을 읽다가 내 속마음과 닮은 부분을 발견하면 누군가에게 비밀을 들킨 것처럼 숨이 찼다. 하지만 책장을 덮게 되지는 않았다.

그렇게 한 권을 읽고 나면 어쩐지 개운한 느낌이 들었다. 누굴 붙잡고 실컷 울고 난 것 같기도 하고, 뜨거운 물에 몸을 푹 익혔다가 때를 민 것 같기도 했다.

소설책을 읽다가 작가의 삶이 궁금해진 건 그때가 처음이었다. 읽는 사람도 체할 것 같은 뒤틀린 감정을 이토록 정교하게 써 낼 수 있는 작가는 얼마나 용감한 사람일까. 자신의 생각과 마음을 이만큼 똑바로 바라볼 수 있으려면 얼마나 심지가 굵어야 할까. 필력보다도 그 대담함이, 호들갑 떨지 않는 솔직함이 신기하고 부러웠다.

요즘도 종종 박완서 선생의 책들을 다시 읽는다. 내용은 이미 다 알고 있는데, 희한하게 볼 때마다 새록새록 눈에 밟히는 부분이 생긴다. 얼마 전까지 무심하게 넘겼던 표현이 별안간 저릿하게 공감되고, 담백하게 상상하며 읽었던 장면이 다른 색감으로 묵직하게 떠오르기도 한다. 그럴 때면 작가가 나보다 앞서 삶을 살며 남겨놓은 발자국을 하나

하나 따라 걷는 기분이 든다.

그리고 조금씩 실감한다. 그가 스스로의 감정을 명료하게 적어 낼 수 있게 되기까지는 생각보다 더 오랜 시간이 걸렸으리라는 걸. 내가 이제야 하나씩 감지하는 이 기분들을, 그는 오랜 시간 수없이 겪고 곱씹으면서 손에 잡히는 무엇으로 만들기 위해 애썼을 것이었다. 모든 행간에 그 몸부림의 흔적들이 남아 있었다.

박완서 선생을 '작가'로 만들어 준 등단작이자, 첫 작품인 『나목』은 그의 나이 마흔이 다 되어 쓰였다고 했다. 누군가는 그것이 놀라운 일이라고 하지만 적어도 내게는 그렇지 않다. 아마 그는 글을 쓰겠다고 결심하기 훨씬 전부터, 아니 어쩌면 평생 동안, 사람들을 관찰하고 스스로를 들여다봤을 것이다. 사색이 무르익을 대로 무르익었을 때 재채기처럼 이야기가 튀어나왔겠지. 그렇기에 그토록 느지막이, 그리고 급작스럽게 단단한 작품이 나왔을 게다.

그 글에 반해 그의 이름을 알게 되었지만, 이제는 박완서라는 사람의 깊이와 시선이 탐난다. 박완서 선생이 첫 작품을 쓰기 시작한 나이에 이르게 되면 나도 스스로를 좀 더 겁 없이 바라볼 수 있게 될까. 내 내면의 가장 어둡고 뒤

틀린 감정에도 이름을 붙일 수 있을까. 그럴 수 있으면 좋겠다. 박완서처럼, 못나고 추한 것에도 쉬이 고개 돌리지 않고 깊어 가며 나이 들고 싶다.

소비에

실패할 여유

3만 원짜리 글

퇴근이 늦었다. 막차 시간을 넘어 퇴근하면 회사에서
택시비가 나온다. 집까지는 3만 원 남짓한 돈이 드는 거리.
피곤하지만 느긋한 마음으로 택시를 잡았다.

길이 막힌다. 놀다가 막차를 놓쳐 택시를 탄 날이라면
잔뜩 짜증이 난 채 미터기와 시계만 번갈아 보고 있겠지.
하지만 오늘은 남의 일이다. 창문을 내리고 새카만 하늘을
올려다본다. 코를 스치는 바람 끝에 은행 냄새가 섞여 있다.

한참을 가다 보니, 교통사고가 있었던 모양인지 차 두
대와 견인차들이 차선 하나를 막고 있다. 작은 접촉사고는
아닌 듯 구급차가 불을 반짝이며 서 있었다. 지나가며 보니
차도 꽤 심하게 찌그러졌다. 사람이 다쳤나. 많이 다쳤으려

나. 졸음운전일까, 음주운전일까. 나처럼 늦은 퇴근을 하던 직장인일지도 모른다. 크게 다친 건 아니었으면 좋겠다는 생각을 했다.

사고가 난 지점을 지나니 길은 뻥 뚫렸다. 시원스레 달리는 차 안에서 기사가 틀어 놓은 트로트가 처량하게 흘러나온다. 사랑밖에 모르는 남자, 사랑만 아는 남자……

길가에 선 플라타너스 이파리들이 서늘한 바람에 게으르게 흔들린다. 그 모습을 보다 보니 어느 틈에 집 근처에 와 있다.

문득 쓴웃음이 났다. 택시를 타고도 미터기를 힐끗 거리는 대신 잡생각을 하고 하늘을 보고 글을 쓰고 남의 걱정을 했다. 단지 내가 돈을 내지 않아도 된다는 사실 하나때문에. 같은 곳에 앉아있음에도 시야가 이토록 달라지다니. 어쩌면 나는 내 생각보다 더 별것 아닌 사람인지도 모르겠다.

미터기에는 3만 원이 찍혀 있었다. 그래서 이 글 값은 3만 원이다.

슬퍼하기 위해 돈을 번다

사람들은 흔히 감정과 돈을 대척점에 둔다. TV와 스크린은 '가난하지만 행복한 사람'과 '돈을 탐하다 괴물이 되어 버린 사람'의 사례를 끊임없이 내보내며 돈은 비인간성의 표본이고 감정은 인간성의 상징이라는 의식을 강화한다.

나는 그렇게 생각하지 않는다. 감정에도 돈이 든다. 조금 더 정확히 말하면, 감정에서 불순물을 제거하기 위해서는 적당한 경제적 여유가 필요하다.

예를 들어 부모가 큰 병에 걸렸다거나, 갑작스레 가까운 사람의 부고를 들었다고 생각해 보자. 병원비를 대고 조의금을 낼 만한 여유가 충분하다면 나는 아무런 잡념 없이 슬픔에 빠질 수 있을 것이다. 하지만 빈털터리 상태라면 두려움과 절망, 자괴감이나 미안함 같은 것들이 머릿속을 절반 넘게 차지하면서 감정을 먹어 치워 버린다.

직장에 다니기 시작한 후, 아끼는 친구의 결혼 소식에 처음으로 잠시의 고민도 없이 좋은 선물을 해 주며 느꼈던 기쁨을 기억한다. 그 감각은 내가 돈의 가치를 무시하지 않기로 결심한 몇 가지 이유 중 하나다.

물론 인간에게는 돈으로 살 수 없는 것들이 존재한다. 하지만 반드시 돈이 있어야 해결되는 것도 있다는 걸 잊어서는 안 된다. 나는 슬플 때 슬퍼하고 기쁠 때 기뻐하기 위해 돈을 번다.

죽지 말아야 하는 이유, 살아야 하는 이유

　죽고 싶어 하는 사람에게 곁에 있는 누군가를 생각해 살아 보라고 말하는 건 잔인한 짓이다. 그건 죽지 말아야 할 이유일 뿐, 살아야 할 이유가 아니기 때문이다.

　사람은 살아가는 일이 죽는 것보다 괴롭다고 느낄 때 죽음을 생각한다. 죽음을 일종의 돌파구로 여기는 것이다. 그런 이에게 죽지 말아야 할 이유를 자꾸 들이미는 건 조금도 도움이 되지 않는다. 오히려 '죽지도 못한 채 버텨야 하는' 남은 삶에 대한 고통만 더 키울 뿐이다.

　2년 간 준비했던 시험에 떨어진 뒤, 진지하게 죽음을 생각했던 적이 있었다. 합격만 바라보고 매일매일 학원과 독서실만을 오가며 일상의 범위를 한껏 좁혀 놨었기에, 그것에 실패하자 모든 삶이 무너졌다. 밤마다 침대에 누워 깨지 않기를 빌었고 높은 건물을 볼 때마다 '저기서 떨어지면 죽을 수 있을까' 생각했다.

그때 나를 죽을 수 없게 한 건 엄마였다. 정확히는 엄마의 존재였다. 내 죽음은 그녀에게 돌이킬 수 없는 타격이될 것이었다. 가뜩이나 힘든 삶을 살아온 엄마에게 그런 상처를 남길 수 없어서, 나는 죽지 못했다. 하지만 죽지도 못하고 살지도 못하는 상태에 빠졌을 뿐 우울감이 사라지지는 않았다.

억지로 대학에 복학한 나를 진짜로 '살게' 만든 건 커피였다. 수업에 들어가기 전이면 학교 안 카페에 들러 아이스커피를 한 잔 사곤 했는데, 2년 간 학원비와 책값을 대느라 껌 한 통도 마음 놓고 사지 못하던 내게 그 커피는 실로 오랜만에 느껴보는 삶의 여백이었다.

그런 소소한 즐거움들은 그간 내가 매몰되어 있었던 수험 생활 밖에도 삶이 있다는 사실을 일깨워 주었다. 다른 삶을 궁리할 수 있게 되자 의욕이 생겼다. 나는 그제야 죽고 싶다는 생각에서 벗어났다. 살아야 하는 이유는 이토록 사소하면서도 중요한 것이다.

그러니 주변에 죽고 싶어 하는 사람이 있다면, 무턱대고 죽지 말라며 우기는 일은 하지 않기를 권한다. 정말 도와주고 싶다면 차라리 작은 선물을 해 주거나 차 한잔 사주는 게 백 배 낫다. 그들에게 필요한 건 삶을 버텨 내야 할 이유가 아니라, 괴로움에서 벗어나 잠시 숨을 돌릴 수 있는 작은 일상이다.

불행한 습관

수십 번의 실패 끝에 겨우 구한 첫 직장을 채 반 년도 다니지 못하고 그만둬야 했던 날의 퇴근길을 아직도 기억한다. 예산 문제로 내 자리가 없어졌다고 했다. 직원들은 내 어깨를 말없이 두드려 줬다. 고마웠지만 기분이 나아지지는 않았다.

집에 가려면 버스를 한 번 갈아타야 했는데, 매일 10여 분씩 기다리게 하던 차가 그날따라 바로 바로 도착했다. 눈물이 났다. 누군가 내 귀에 대고 네가 누릴 수 있는 운이란 딱 이 정도라고, 여기서 만족하라고 속삭이는 것만 같았다.

뜬금없이 어릴 때 하던 '롤러코스터 타이쿤'이 떠올랐

다. 놀이공원을 만드는 컴퓨터 게임이었는데 기형 기물은 물론 사람까지 마음대로 컨트롤할 수 있어서, 종종 관광객 캐릭터를 몇 개 집어 호수에 빠뜨리는 장난을 치곤 했다. 신이 나를 겨냥해 집요하게 그런 장난을 치고 있는 기분이었다. 뭔가 하려 하면 넘어뜨리고, 도망치려 하면 끌어오면서. 그날 그 버스 안에서 창피한 것도 잊고 정말 펑펑 울었다.

그 즈음부터였던 것 같다. 감정을, 특히 기쁘거나 좋은 감정을 억누르기 시작한 것이. 뭔가 좋은 일이 생기면 기쁨을 느끼기 전에 불안감이 먼저 끼어들었다. 이러다 또 뒤집히면 어떡하나. 일이 잘 되고 못되고의 문제가 아니었다. 기대가 어그러졌을 때의 내 감정을 감당할 자신이 없었다. 엎어진 잔칫상을 홀로 치워 내는 일이 얼마나 비참한지, 마음이 아플 만큼 잘 아니까.

좋아도 좋은 티를 잘 내지 못하게 됐다. 새옹지마가 어쩌고 촉이 어떻고 하는 말로 포장하려 애썼지만 사실 그건 무너질 내 자신을 지탱하기 위한 일종의 안전벨트였다. 동시에, 내게 수시로 찾아오는 실망들을 견뎌낼 주문이기도 했다. 상황은 달라질 수 있다. 언제든 뒤집힐 수 있다……

작은 일 하나하나에 흔들리지는 않을 만큼 단련이 된

지금도, 그 습관만큼은 쉬이 사라지지 않는다. 여전히 나는 불행보다 행복에 더 큰 불안을 느낀다. 일이 잘 풀릴수록 몸을 웅크리고 말을 줄인다. 나를 잘 보아 주는 사람들은 이런 모습을 보고 신중하고 겸손하다며 칭찬한다. 의도한 바는 아니지만 실제로 그 덕을 본 적도 꽤 있다. 사실은 그냥 겁먹었을 뿐인데.

그래서 가끔은 이 습관이 좋은 것인지 나쁜 것인지 생각해 보게 된다. 아직 답을 낸 적은 없다. 나쁜 습관이라고 한들 하루아침에 고칠 수 있는 건 아니니까. 그리고 섣부르게 들뜨는 것보다는 실수할 확률이 적은 건 사실이니까.

하지만 가끔은, 불안해하지 않고 그 순간의 기쁨을 온전히 즐기던 때의 감각이 그립다.

목표 없는 삶도 행복할 수 있다

흔히 목표 없는 삶은 무의미한 것처럼 여겨진다. 단기 목표와 장기 목표를 꼼꼼하게 세우고 그것을 하나씩 달성해 가는 인생만이 건전하고 가치 있는 것으로 칭송받는다. 물론 치밀함 속에서 안정을 찾고 무언가를 달성하는 데서 행복을 느끼는 사람도 있겠으나, 모두가 그런 건 아니다. 나는 목표를 없애고 나서야 행복해졌다.

크고 작은 계획과 목표를 나무처럼 빽빽이 심어 놓았을 때는 늘 숨이 턱까지 찬 듯한 기분으로 살았다. 모든 날들은 목적지를 향해 달려가는 길목일 뿐, 목적지에 다다르기 전까지는 아무 의미가 없었다. 그렇게 겨우 한 곳에 도착하면 또 다른 목표가 기다리고 있었다. 나는 그런 것을 즐기는 사람이 아니었기에 늘 불안하고 꾸준히 불행했다.

정말 힘들어 죽을 것 같다는 생각이 들었을 즈음 목표 세우기를 그만뒀다. 그만뒀다기보다 자포자기에 가까운 심정으로 놓아 버린 것에 가까웠는데, 결과는 예상 외였다. 이제껏 돌아볼 틈 없었던 것들이 눈에 들어오기 시작했다. 내가 좋아하는 장소, 시간, 물건이며 음식과 분위기 같은. 매일 매일을 분 단위로 쪼개지 않아도, 그런 것들을 즐기는 것만으로 충분히 삶을 채울 수 있었다.

지금은 딱 하나의 목표만 남겨 두었다. 더 좋은 사람이 되는 것. 사실 그 좋은 사람의 기준도 주관적인 것이므로 '만족스러운 삶을 사는 것'이라 말하는 편이 더 정확할지도 모르겠다. 이런 내 모습이 누군가에게는 나태해 보일 수 있겠지만 그것까지는 내가 어쩔 수 없는 일이다. 적어도 내 인생에서만큼은, 내가 행복하게 사는 것이 가장 중요하니까.

소비에 실패할 여유

아이들을 동네 슈퍼에 데리고 간다. 풀어 놓고 '너 사고 싶은 거 다 사라'고 하면 정말 눈에 띄는 걸 다 집는다. 먹어 본 과자, 안 먹어 본 사탕, 포장만 예쁜 젤리, 내용물보다 장난감이 더 많이 들어 있는 초콜릿, 전부터 사 보고 싶었지만 차마 집지 못했던 비싼 쿠키⋯⋯. 끝까지 먹는 것도 있겠고 한 입 먹어 보고 다시는 안 살 것들도 있겠으나, 어쨌든 궁금했던 것들은 다 사고 다 뜯어 보고 먹어 본다.

하지만 '너 사고 싶은 것 딱 하나만 사 준다'고 하면, 일단 고르는 시간이 세 배쯤 늘어난다. 들여다보고, 집었다 놓고, 흔들어 보며 고민에 고민을 거듭한다. 그러다 대부분의 경우 가장 좋아하는 과자를 고른다. 많이 먹어 봤고, 맛을 잘 알고, 그래서 절대 실패하지 않을 '안전한' 선택. 대신 지난번에 못 산 과자는 이번에도 못 산다.

20대 내내, 늘 '딱 하나만'을 강요당하는 아이의 심정으로 살았다. 해보고 싶은 것도 써 보고 싶은 것도 가 보고 싶은 곳도 많았는데, 항상 돈이 없거나 시간이 없거나 둘 다 없었다. 아르바이트로 번 돈은 교재비며 교통비에 쓰고 나면 딱 가장 저렴한 학식이나 편의점 김밥을 사 먹을 정도만 남았다.

졸업 후 구한 계약직 일자리 월급 130만원도 별다르지 않았다. 집에 생활비 조금 주고, 학자금 대출 갚고, 이런저런 요금을 내고 눈꼽만 한 적금 넣고 나면 한 달에 친구들 한두 번 볼 정도의 돈만 남았다. 굶어 죽지는 않았지만 딱 굶어 죽지만 않을 만큼이었다.

자연스레 내 모든 소비의 최대 목표는 '실패하지 않기'가 됐다. 약속이 생기면 늘 저렴하고 양 많은, '2인분 같은 1인분' 맛집을 검색했다. 편의점에서는 참치마요 삼각김밥과 전주비빔 삼각김밥을 들고 심각하게 고민했다. 옷을 살 때면 눈에 띄는 색이나 디자인의 상품을 찾기보다 지금 가진 옷과 최대한 비슷한, 돌려 입기 용이한 옷을 찾았다.

물론 만족스럽진 않았다. 저렴하고 양 많은 맛집은 대개 왜 저렴하고 왜 양이 많은지를 납득할 수 있을 정도의 맛이었고, 편의점 음식은 때마다의 허기를 때우기 좋았을 뿐 딱히 돌아선 뒤 생각나는 음식은 아니었으며, 싸고 평범한 옷은 편안하고 막 입기 좋았지만 내가 제일 좋아하는 옷들은 아니었다. 하지만 별 도리가 없었다. 쓰지 않을 가능성이 있는 물건들을 사는 건 너무 위험 부담이 컸다. 돈 한푼 잃어버리면 사흘 밤낮 가슴이 두근대는 마당에, 실패는 치명적이었다.

그래서 한동안 내 소비 패턴은 늘 비슷했다. 화장품, 옷, 생필품, 외식……. 주기적으로, 늘 가던 곳에서, 똑같거나 비슷한 상품을 샀다. 그게 안전했으니까. 영화를 봐도 제일 평점이 높은 걸 골라 그것만 봤고, 뭔가 하나 사려면 인터넷 페이지를 수십 개씩 뒤지며 모든 쿠폰을 총동원했다. 알뜰한 걸 좋아해서가 아니었다. 지르고 나서, 나중에 조금이라도 더 싸게 살 수 있었다는 걸 알면 그만큼의 돈을 잃어버린 것처럼 속상했기 때문이었다.

힘들었다. 진지하게 죽고 싶다는 생각을 했을 만큼. 내 인생의 남은 몫이 이렇게 동전 몇 푼을 세며 벌벌 떠는 무미건조함뿐이라면 굳이 살 이유가 없다고 생각했다. 하지만 그러면서도 그게 나쁜 거라고 생각하지는 않았다. TV는 월세 단칸방으로 시작해 중산층이 된 중년들의 모습을 끊임없이 내보냈고, '젊을 땐 그렇게 아끼는 것도 재미다', '나중에는 다 추억이야' 같은 말을 귀에 못이 박이도록 들었으니까. 그래서 하나도 재미있지 않았지만 발랄한 척했고, 적은 돈으로 남들 하는 것 다 흉내만 내는 걸 자랑으로 알았다. 그러면 어른들은 건전하고 성실하다며 날 칭찬했고, 나는 그걸 다시 동력으로 삼았다. 그 사이 취향은 질식당했고 시야는 납작해졌다.

뭔가 이상하다는 생각을 하기 시작한 건 직장을 몇 번 옮기고, 월급이 좀 올라 아주 조금 숨통이 트이면서부터였다. 적지만 처음으로 '여유 자금'이라는 게 생겼고, 취향에 맞는 물건들을 사기 시작했다.

처음으로 뭔가를 사면서 행복하다는 생각을 했다. 기껏해야 오래 쓸 수 있는 것과 내 마음에 더 드는 것 사이에서 후자를 고를 수 있는 정도의, 한번 써 보자는 생각으로 처음 본 것들을 살 수 있는 정도의 여유를 얻었을 뿐인데. 소비의 선택지에 '실패'라는 항목이 추가되면서, 비로소 내 일상에는 하나 둘씩 색깔이 입혀졌다.

그러다 주변을 둘러보니 어느덧 세상이 내 시야만큼 납작해져 있었다. '가성비'라는 말은 종류를 막론하고 모든 물건의 앞에 접두어처럼 따라붙었다. 두메산골 첩첩산중에 들어가서도 사람들은 '이미 아는 맛'이 나오는 대기업 프랜차이즈 식당을 찾았고, 찾으면 또 어디에나 그게 있었다. 서점에서는 베스트셀러가 된 책들만 팔려 나갔고 관광지도 명소도 사람이 몰리는 곳만 몰렸다.

유명한 것과 이미 검증된 것만 소비하는 분위기는 지독한 냄새처럼 빈틈없이 퍼져 있었다. 실패의 가능성이 조금이라도 있는 상품은 외면당했고, 그 외면은 다시 선택지를 좁히고 주머니를 얇게 만들었다. 그렇게 시작된 악순환이 끝없이 이어졌다.

사회의 취향이 질식당하는 걸 바라보는 건 내 일상이 메마르는 것보다 더 서글펐다. 그게 사람을 서서히 죽인다는 걸 아니까. 천천히, 고통스럽게, 무기력하게 만들다 어느 순간 사람을 잡아먹고 만다는 걸 아니까.

그렇기에 지금 필요한 건 허리띠를 더 졸라매자는 다짐이 아니라 소비에 실패할 수 있는 여유다. 하나만 고르라고 다그치는 사람 대신 천천히 둘러보고 마음에 드는 걸 더 골라 보라고 말해 줄 사람이 필요하다. 가격 대비 성능을 따지며 취향을 사치의 영역으로 넘겨 버리기보다, 가격과 성능과 취향을 함께 고려할 수 있는 정도의 여유가 있어야 한다. 언제까지나 굶어 죽지 않는 것만을 목표로 삼고 살 수는 없으니까.

한참 여유가 없을 때, 어쩌다 몇 천 원 정도의 가욋돈이 생기면 나는 늘 2천 원짜리 매니큐어를 샀다. 매니큐어는 활용도나 실용성을 따지지 않고 오롯이 내 취향만을 기준 삼아 고를 수 있는 유일한 물건이었다. 빨간색이든 노란색이든 펄이 잔뜩 박힌 흰색이든 상관없었다. 늘 이제껏 안 사 본 색, 그날 유독 눈에 끌리는 색을 사곤 했는데, 그건 당시 무채색에 가까웠던 일상에서 유일하게 기억에 남는 어떤 색깔이었다. 내가 그때를 버틸 수 있었던 건 그런 작은 색깔들 때문이라고, 지금도 그렇게 생각한다. 선택과 취향이란 그런 것이다.

'가성비', '저렴이'에 대한 강박이 사회를 완전히 질식시키기 전에, 조금 더 많은 여유를 주는 게 필요하다고 생각하는 건 그런 이유다.

분류는 권력이다

"분류는 곧 시선이고 권력입니다."

전공 강의 시간, 자료 분류법을 가르치던 교수님이 문득 그런 말씀을 하셨다. 어떤 학문이 어느 위치에 분류되어 있는지를 확인하는 것만으로도 학문 간의 위계를 파악할 수 있다는 이야기와 함께. 잘 이해할 수는 없어도 굉장히 멋진 말이라고 생각했지만, 당장 눈앞의 외울거리들이 중요했던 나는 길게 생각하지 않고 그 말을 흘려 버렸다.

그 말의 무게를 실감하기 시작한 건 오히려 학교 밖으로 나온 다음이었다. 분류의 권력은 도서관 안에만 존재하는 게 아니었다. 모두가 서로를 '어떤 것'으로 규정하기 위해 애쓰고 있었다. 작게는 연애나 가족 관계가 그러했고, 크게는 정상과 비정상을 나누고 사회적 자격을 구분 짓는 일이 또 그러했다.

매번 치열한 눈치싸움이 벌어졌지만, 결국 누구를 어떤 카테고리에 어떻게 넣을지 결정하는 건 언제나 그 관계 안에서 가장 힘이 센 사람이었다. 이도 저도 마음대로 하기 어려운 사람들은 제 스스로를 특정한 틀에 넣어 규정하고 '나는 이런 사람이라서'라는 말로 외부에서 들어오는 공격을 방어했다.

나 역시 다르지 않았다. 다른 사람들에 의해 계속 규정당하고 있었지만 그러면서 동시에 다른 이에게 라벨을 붙이기 위해 끊임없이 눈을 굴렸다. 남이 나를 판단하는 것에는 벌컥 화를 내면서도, 내가 무엇이라고 구분 지어 놓은 사람이 그것에서 벗어나는 행동을 하면 그에게 실망하거나 화를 내거나 혹은 못 본 척 시선을 돌려 버렸다. 가끔은 그렇게 덕지덕지 붙여 놓은 라벨들이 상대의 진짜 모습을 가리기도 했다.

무엇보다 나쁜 건 그런 구분 짓기가 끝날 때마다 늘 상처받는 사람이 생긴다는 거였다. 그럴 수밖에 없었다. 힘이 센 편이 약한 쪽을 규정짓는다는 건 그 과정에 필연적으로 독단과 폭력이 포함된다는 뜻이었으니까. 나도 그로 인해 많은 상처를 받아 왔으니, 또 그만큼 상처를 주기도 했을 것이다. 나부터 거기서 벗어나지 않으면 다른 사람이 나를 멋대로 판단하는 것에서도 자유로울 수 없을 것 같았다.

그래서 당장 주변인을 '어떤 스타일의 사람'이라고 특정 짓는 것부터 그만두기로 했다. 의도를 넣어 해석하지 않으면 다른 사람의 말이나 행동을 있는 그대로 받아들일 수 있었으니까. 평소에 게으른 모습을 많이 보여 주던 사람이 어느 날은 부지런할 수도 있고, 말 없던 사람이 어떤 자리에서만은 수다쟁이가 될 수도 있다. 억측을 자주 해 내가 싫어하던 사람이라도, 어떤 부분에서는 정확히 맞는 말을 할 수 있었으며 어려움을 겪은 사람이라고 해서 반드시 그에 관한 자격지심을 갖고 있는 건 아니었다.

'원래 이렇던 사람'이 안 하던 짓을 하는 게 아니라, 그 사람이 가진 다양한 모습 중 몇 가지를 보게 된 것뿐이었다. 그걸 인정하는 것만으로도 대화가 훨씬 편안해졌고 사람을 바라보는 시선이 조금 유연해지는 기분이었다.

그것에 익숙해지자, 차츰 다른 사람이 나를 평가하는 말에도 덜 흔들리게 되었다. 반드시 어떤 식으로 행동하거나 말해야 한다는 압박감도 많이 줄었다. 모든 사람이 그렇듯, 나 역시 단어 몇 개로 간편히 정의 내릴 수 있는 존재는 아니니까.

분류는 권력이다. 강의실에서 처음 들었을 때와는 다른 무게로 이 말을 자주 곱씹는다. 앞으로의 삶에서 누군가 나를 멋대로 판단하고 분류하려 드는 것을 다 막아 낼 수는 없겠지만, 그래도 이 말을 계속 되새기는 한 그런 것들에 상처받는 일은 없을 것 같아서.

여백의 무게

스케치북에 동그라미를 그려 하루 일과표를 만들던 어린 시절부터, 아무것도 하지 않은 채 시간을 흘려보내는 건 낭비라고 배웠다. 더 나이를 먹어서도 마찬가지였다. 건전한 젊음은 하루 종일 바쁘게 움직이는 모습으로 상징되었고, 성실성을 입증하기 위해서는 각종 증명서와 자격증을 내밀며 인생에 빈틈이 없었다는 사실을 보여 주어야 했다. 여가는 그 모든 걸 끝낸 뒤 남는 자투리 같은 거였다.

하지만 시간이 지날수록 삶에도 여백이 필요하다는 사실을 깨닫고 있다. 아니, 그냥 필요한 정도가 아니라 각자의 삶을 각자의 것으로 만들어 주는 것이 바로 여백이라는 생각을 한다. 내가 무엇을 좋아하는지, 쉴 때는 어떤 모습으로 있는 것이 편한지, 뭘 하고 노는 것을 좋아하며 어떤 주제로 대화하는 것을 좋아하는지. 이 모든 건 제대로 쉬지 않는다면 결코 알 수 없을 것들이니까.

중학생 때 친구들과 나는, 일주일 시간표를 이미 다 외우고 있으면서도 굳이 인터넷을 뒤지고 뒤져 예쁜 그림이나 사진이 붙은 시간표를 찾아 출력해서는 각자의 책상에 붙여 놓곤 했었다. 시간표가 필요했다기보다 거기에 내가 고른, 내 마음에 드는 사진이 붙어 있다는 게 중요했다.

삶에서의 여백도 이와 같은 것이 아닌가 생각한다. 진학, 취업, 결혼, 육아……. 모두 비슷한 목적을 향해 달려가는 삶에서 각자의 본성과 취향을 제대로 드러내 주는 건 꽉 채워진 일정표가 아니라, 아무것도 목적하지 않은 채 여백으로 남겨져 있는 부분이 아닐까.

절전 모드

이런저런 모임에 나가는 일이 줄었다. 자주 만나는 사람의 숫자도 현저히 적어졌다. 사람 만나는 걸 싫어하게 됐다기보다는 예전에 과하게 많은 사람을 만났다는 게 더 정확할 것 같다.

'사람이 재산', '인맥은 돈' 따위의 말을 하늘같이 믿고 있을 때는 낄 수 있는 거의 모든 자리에 빠지지 않고 나갔다. 불편한 사람이 함께 있는 자리도 '가고 싶은 데만 갈 수는 없지.' 같은 생각을 하며 꾸역꾸역 얼굴을 비쳤다. 어쩌다 혼자 시간을 보내야 할 상황이 오면 뭔가를 낭비하는 것 같은 기분이 들어 급히 술 약속을 잡았다. 매일매일 만날 사람이 있다는 건 당시의 내게 있어 굉장한 자부심이었다.

나름대로 떠들썩하고 즐거운 나날이 이어졌지만, 그 때의 나는 이유를 알 수 없이 자주 지치고 쉽게 우울해했 다. 그러나 그게 너무 많은 사람을 만났기 때문이라는 생각 은 결코 하지 않았다. 사람 좋아하기로 정평이 나 있는 내 가 모임에서 에너지를 얻어 오는 게 아니라 빼앗긴다니, 있 을 수 없는 일이었다. 기운이 없는 날일수록 '충전'을 하겠 다며 더 많은 자리에 나갔다.

하지만 그런 만남들이 내게 어떤 영향을 주었는지는, 해야 할 일이 많아지고 마음에 여유가 사라지면서 곧바로 명백해졌다. 어느 순간부터인가 나를 빽빽이 둘러싼 인간 관계가 버거워지기 시작했다. 누군가를 만나고 웃으며 대 화하는 게 안 풀리는 숙제를 하는 것처럼 어렵고 지루했다. '사람이 재산'이라는 말이 돈 모으듯 친구 수를 늘리라는 뜻은 아니라는 걸 어렴풋이 깨달았을 즈음에는 진심으로 당혹스러웠다. 많다고 다 좋은 게 아니구나.

그렇다면 일단 내가 소화할 수 있는 관계의 양이 어느 정도인지를 알아야 했다.

네 명 이상이 모이는, 굳이 내가 가지 않아도 대화를 나누는 데 지장이 없을 모임에는 가지 않았다. 얼굴을 보는 사람의 수는 줄었지만, 만나는 사람들 하나하나와의 대화량은 훨씬 늘었다.

좋아하지 않는 사람과는 함께 식사할 일을 만들지 않았다. 체하는 일이 줄었다.

술을 마시고 싶지 않은 날은 조금 이른 약속을 잡아 밥을 먹고 차를 마셨다. 허튼 말실수가 적어졌다.

피곤한 일이 많았던 주의 주말에는 잡혀 있던 약속도 뒤로 미루고 집 밖으로 나가지 않았다. 그 주의 안 좋은 기분을 다음 주까지 끌고 가지 않게 되었다.

어느 스위치가 어떤 전등과 연결되어 있는지 알아보기 위해 여러 스위치를 딸깍딸깍 껐다 켜는 것처럼, 오랜 습관을 하나 바꿀 때마다 몸과 마음에서 신호가 왔다. 여기까진 괜찮아, 이 이상은 힘들어, 하는 식으로. 그 과정을 오래 거치며 나는 비로소 내가 감당할 수 있는 관계의 용량을 가늠하게 되었다.

지금도 많은 사람들을 만난다. 술 약속, 밥 약속, 커피 약속, 동창 모임, 그냥 목적 없는 친목 모임, 동호회, 동네 친구와의 급만남……. 주중 주말 가릴 것 없이 많은 사람들을 만나지만 예전처럼 관계를 버거워하지 않는 이유는,

이제 내 가장자리가 어디쯤인지를 명확히 인지하고 있는 까닭이다.

간혹 마음이 지치고 기운이 빠지는 때가 오면 무리하지 않고 일정을 비운다. 그리곤 집 안에 틀어박힌 채 다시 나가고 싶은 생각이 들 때까지 최소한으로 움직이며 에너지를 아낀다. 배터리가 거의 방전된 휴대폰이 스스로 화면 밝기를 낮추고 진동의 감도를 줄이며 남은 전원을 아끼는 것처럼, 일종의 절전 모드에 돌입하는 셈이다.

어두운 방에서 그렇게 잔뜩 웅크린 채 다시 의욕이 돌아올 때를 기다리고 있다 보면, 그래도 나름대로 시스템이 업그레이드 되고 있기는 한가 보구나 싶은 생각이 들어 비시시 웃게 된다.

내 시간을 선물할게

편지 쓰는 걸 참 좋아했다. 쓰는 내내 상대만을 생각해야 한다는 점이 특히 좋았다. 한 사람을 위해 내용을 생각하고 말을 고르고 단어를 적고 나면 그에게 내 시간의 한 조각을 온전히 내어주는 것 같아서, 다른 어떤 선물보다 주는 것도 받는 것도 좋아했다.

가끔 혼자 짧은 여행을 가면 핸드폰을 꺼 놓고 다니며 친한 친구들이나 선후배에게 엽서를 한 통씩 써서 보내주곤 했다. 평소처럼 메시지를 주고받으며 일상을 중계하는 대신, 그날 하루 종일 하고 싶었던 말을 종이 한 장에 다적어 보내는 것이었다. 뭐 대단한 내용을 쓰는 건 아니었다. 기껏해야 나는 지금 어디에 있어, 오늘은 뭘 먹었고 어디어디를 다녔는데 너는 지금쯤 뭘 하고 있을까, 같은 시시콜콜한 것들이 대부분이었다.

그래도 그렇게 하면 여행의 일부를 유리병에 잘 담아 나눠 주는 기분이 들었다. 내가 보는 풍경과 내가 듣는 소리, 내가 느낀 감정을 함께 응축해 보내 주는 느낌이라고 해야 할까.

하지만 시간이 지날수록 편지를 쓰는 일이 줄어들었다. 회사에서 퇴근해 저녁 늦게 집에 돌아오면 무기력하게 드러누워 뒹굴거리다 뻗어 자기 바빴고, 휴가를 가도 혹시 업무 연락이 올지 몰라 핸드폰을 끄고 다닐 수가 없었다. 그러다 보니 무슨 무슨 날들을 챙길 때 주는 선물의 가격은 올라갔지만 그 안에 편지를 넣어 주는 일은 드물어졌고, 여행지에서 보내던 엽서는 무심하게 찍어 단톡방에 보내는 몇 장의 사진으로 대체되었다. 그럴 때마다 '다음에는 써 줘야지', '며칠 뒤에 써 줘야지' 다짐했지만, 어느 순간부터는 내가 어떨 때 편지를 썼는지도 희미해졌다.

그러다 얼마 전 고등학교 친구로부터 제 결혼식 축사를 겸해 편지를 한 통 써서 읽어 달라는 부탁을 받았다. 하객들 앞에 나가서 읽어야 한다는 게 좀 쑥스럽기는 했지만

아끼는 친구였기에 흔쾌히 승낙했다.

결혼식을 며칠 앞둔 날, 조금 서둘러 퇴근한 뒤 책상 앞에 펜과 종이를 놓고 앉았다. 무슨 말을 하면 좋을까. 생각을 정리하다 보니 그 친구와의 기억이 새록새록 떠올랐다. 처음 만났을 때, 매일 같이 몰려다니던 길, 자주 나누던 이야기와 결혼을 하게 됐다고 불쑥 말하던 날의 표정까지. 마음 한구석이 찡해지는 그 기억들을 담아 축하의 말을 적어내려 가면서, 한 글자를 쓸 때마다 진심으로 빌어 주었다. 행복했으면 좋겠다. 잘 살아야 해.

다 쓰고 나니 그제서야 다시금 선명해졌다. 오로지 그 사람만 생각했던 시간을 예쁘게 포장해 선물하는 듯한 기분이. 나는 단지 그것이 좋아 편지를 쓰던 사람이었다.

잘 접은 편지를 서랍에 넣으면서 시간이 나는 대로 문구점에 들러야겠다고 생각했다.

가서 마음에 드는 편지지를 몇 묶음 사고, 잘 써지는 펜도 몇 자루 사 와야지. 볕 좋고 바람 좋은 날, 아끼는 사람들에게 다시 편지 한 통씩을 써 줄 수 있도록.

일탈의 감각

아직 제주도도 가 본 적 없던 어린 시절 비행기를, 그중에서도 밤 비행기를 타는 건 내 로망이었다.

학교나 학원을 마치고 잔뜩 지쳐 터덜터덜 집에 가던 길, 어느새 깜깜해진 하늘을 올려다보면 종종 작은 불빛을 깜빡이며 날아가는 비행기가 눈에 띄었다. 그 비행기가 그렇게 얄미울 수가 없었다. 내 가방에는 집에 가서 해야 할 산더미 같은 숙제가 들어 있는데, 이 시간에 놀러 가는 사람이 있다니.

관광객만 타고 있을 리가 없다는 걸 알면서도, 내 눈에는 그 비행기에 탄 사람들이 모조리 학교며 직장을 때려치우고 놀러 가는 것으로만 보였다. 꼭 나만한 애가 신난 얼굴로 창가 자리에 앉아서 아래를 내려다보며 혀를 날름대고 있을 것만 같아 배가 아팠다. 엄마에게 그 얘기를 한 번 했더니, 별 생각을 다 한다면서 재미있어 하기만 했다.

지금 생각하면, 내일도 오늘과 똑같은 삶을 유지해야 하는 나와 달리 누군가 일상에서 벗어나고 있다는 것에 그토록 약이 올랐던 것 같다. 어쨌든 그때부터, 밤 비행기를 타고 어딘가로 놀러 가는 건 어른이 되었을 때 꼭 해보고 싶은 일들 중 하나가 되었다.

처음으로 밤 비행기를 탄 건 그로부터 한참이 지나 스물다섯 살이 되었을 때였다.

모스크바에서 이스탄불로 넘어가는 항공편이었다. 우아한 모습으로 다리를 꼬고 앉아 와인을 홀짝거릴 거라던 어린 시절의 상상과 달리, 탑승구로 들어선 나는 열 시간 가까이 비행기를 타고 온 후 또 몇 시간을 공항에서 기다린 터라 꾀죄죄하고 기진맥진한 상태였다. 잔뜩 지친 채 가방을 밀어 올리고 좁아터진 자리에 끼어 앉았다. 그나마 창가 좌석을 배정받아 다행이었다.

불편한 공항 의자에 찌그러져 기다릴 때는 타자마자 뻗어서 잠들 것 같았는데, 막상 창문을 통해 어두컴컴해진

밖을 보자 묘하게 설레기 시작했다. 어쨌든 어릴 때의 꿈을 이룬 셈이었다. 물론 머릿속으로 그렸던 모습과는 거리가 꽤 있었지만.

비행기가 출렁이며 활주로를 달리는가 싶더니, 이내 땅을 박차고 하늘로 떠올랐다. 공항은 삽시간에 조그마해졌고 갖가지 색으로 화려하게 빛나던 밤 거리의 불빛들은 반짝이는 주황색 점들로 변해 한데 엉겨 붙었다.

늦은 시간이라 승객들은 곧 다 잠들어 버렸다. 조용하고 깜깜한 가운데 몇 덩어리의 불빛만이 빛나는 모습을 가만히 내려다보았다. 잔잔하고 차분한, 그 불빛 속에 있는 사람들에게는 어제와 별다를 것 없는 한밤중의 풍경을.

문득 창에 비친 내 모습을 보니 비식비식 웃고 있었다. 아, 이런 거구나. 남들이 열심히 트랙을 돌고 있을 때 옆으로 살짝 빠져 나와 한눈을 파는 기분이. 피곤기는 어느새 자취도 없었다. 주변 눈치를 보다 창밖을 향해 슬쩍 혀를 내밀고는, 초등학생으로 돌아간 것 같아 혼자 조금 킬킬거렸다. 어쩌면 어렸을 때 내가 쳐다보며 잔뜩 골을 내던 수많은 비행기 중 한두 대에는, 아래를 내려다보면서 그곳에 사는 사람들을 약 올리는 승객이 정말 있었을지도 모른다는 생각을 했다.

그건 내가 여행에서 처음으로 느낀 일탈의 감각이었다. 비행기와 함께 일상에서 붕 떠오른 듯했던 그날의 기분은 그로부터 몇 년이 지난 지금까지도 선명하게 각인되어 있다.

이제는 밤 비행기를 타더라도 그때처럼 가슴 설레 하지는 않지만, 대신 숙소에 짐을 풀고 나면 땅거미가 질 즈음 거리가 잘 보이는 곳에 앉아 바깥 구경을 한다. 다른 날과 별다르지 않은 하루를 마친 사람들이 집으로 돌아오는 시간. 여행이 끝나고 나면 나 역시 터덜터덜 퇴근길에 오를 바로 그 시간이다.

하나둘 켜지는 가로등과 집으로 향하는 사람들의 뒷모습에서 내 일상의 흔적을 찾고, 내가 지금 앉아 있는 곳을 확인하면 비로소 아주 잠시뿐일지라도 탈출에 성공했다는 것을 실감한다. 딱 맞붙어 있던 종이 두 장이 갈라지는 듯한 느낌이 든다고 해야 할까.

얄밉게 들릴 수 있고 사실 좀 유치하기도 하지만, 내가 여행을 좋아하는 건 바로 그 기분 때문이다. 굳이 무언가 새로운 경험을 하거나 호화로운 관광을 하지 않더라도,

평소의 삶에서 아주 조금 벗어나 타인의 일상을 풍경처럼 감상할 수 있도록 해 준다는 것만으로 여행은 큰 위로가 된다.

어린 시절 밤하늘의 비행기에서 눈을 떼지 못했던 것도 본능적으로 그런 감각을 동경했기 때문이 아니었을까, 가끔 혼자 추측해 보곤 한다.

시시한 사람이면 어때서

초판 1쇄 발행 2018년 4월 25일 | 초판 4쇄 발행 2018년 8월 20일

지은이 유정아
펴낸이 김영진

사업총괄 나경수 | 본부장 박현미 | 사업실장 백주현
개발팀장 차재호 | 책임편집 강세미
디자인팀장 박남희 | 디자인 김가민
마케팅팀장 이용복 | 마케팅 우광일, 김선영, 정유, 박세화
출판지원팀장 이주연 | 출판지원 이형배, 양동욱, 강보라, 손성아, 전효정
해외콘텐츠전략팀장 김무현 | 해외콘텐츠전략 강선아, 이아람

펴낸곳 (주)미래엔 | 등록 1950년 11월 1일 (제16-67호)
주소 06532 서울시 서초구 신반포로 321
미래엔 고객센터 1800-8890
팩스 (02)541-8248 | 이메일 bookfolio@mirae-n.com
홈페이지 www.mirae-n.com

ISBN 979-11-6233-506-2 03810

* 북폴리오는 ㈜미래엔의 성인단행본 브랜드입니다.

* 책값은 뒤표지에 있습니다.

* 파본은 구입처에서 교환해 드리며, 관련 법령에 따라 환불해 드립니다.
  단, 제품 훼손 시 환불이 불가능합니다.

북폴리오는 참신한 시각, 독창적인 아이디어를 환영합니다.
기획 취지와 개요, 연락처를 bookfolio@mirae-n.com으로 보내주십시오.
북폴리오와 함께 새로운 문화를 창조할 여러분의 많은 투고를 기다립니다.

「이 도서의 국립중앙도서관 출판예정도서목록(CIP)은 서지정보유통지원시스템 홈페이지
(http://seoji.nl.go.kr)와 국가자료공동목록시스템(http://www.nl.go.kr/kolisnet)에서
이용하실 수 있습니다. (CIP제어번호: CIP2018011160)」